내가 만난
　　　경력단절
여성 이야기

단절을 딛고 ─── 걸어갑니다

김정

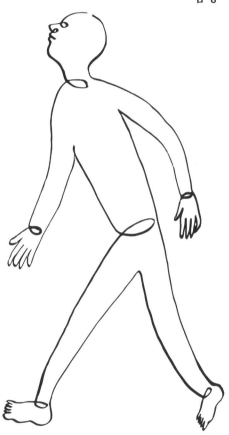

호밀밭

들어가는 말

처음에 우리는 서로를 믿지 않았다. 나는 인터뷰 대상이었던 지인들의 경력단절 사연을 이미 잘 알고 있다고 자신했다. 인터뷰이들은 하나같이 자신의 평범한 이야기가 과연 도움이 될지에 대해 의심했다.

결혼생활 11년을 돌이켜보니 임신과 출산 이후 돌봄에 대한 책무로 온통 분주했다. 이 가정에서의 돌봄은 내가 전담하게 되었다. 그냥 자연스럽게 그렇게 되었다. 그렇게 사회적인 나로부터 등을 돌려 돌봄의 세계로 걸어 들어갔다. 그동안 글을 쓰고 책을 내기도 했지만 나의 주된 역할은 여전히 전업주부이자 돌봄 노동자였다.

그런 나날 중에 출판사로부터 경력단절 여성에 대한 인터뷰집을 내자는 제안을 받았다. 주변에서 어렵지 않게 만날 수 있는 사람들이 소위 말하는 '경단녀'들이었기에 부담스럽지 않았다. 학창 시절을 함께 보내고, 머리를 맞대며 취업을 고민하고, 서로의 결혼을 축하하고,

출산과 육아를 지켜 봐왔던 최측근들. 말하자면 그의 모든 서사를 꿰뚫고 있다고 자신하는 친구들이 첫 번째 대상자였다.

나의 예상은 시작부터 산산이 흩어져버렸다. 작정하고 귀 기울이니 모든 이야기가 새롭게 들렸다. 그 생경함이 너무나 아팠다. 그 시절 함께 고민하고 아파했다고 생각했는데, 그의 역사를 다 이해하고 있다고 생각했는데, 자부와 오만은 보기 좋게 걷어차였다. 임신과 출산 육아가 민폐로 치부되는 조직 내 분위기 속에 움츠러들고, 이내 한발 물러서고, 결국에는 영영 다시 돌아가지 못하게 된 이야기. 일과 직장 사이에서 균형을 잡으려 애쓰며 언제 경력단절 여성이 될지 모른다는 불안감에 시달리는 이야기. 다시 일어서려는데 생각지도 못한 높고 두꺼운 벽 앞에서 무기력하게 주저앉은 이야기. 새로운 시작을 도모하기에는 벗어날 수 없는 돌봄의 무게. 복합적으로 얽힌 이 이야기들을 어디서부터 풀어야 할지 난감했다.

내 이야기가 도움이 될까? 이렇게 평범한 이야기가 글이 되겠어? 대부분의 인터뷰이에게 들은 말이다. 각각의 이야기를 듣고 정리하는 동안 확신할 수 있었다. 남들과 다를 것 없이 평범하다고 덮어버리기에는 억울하고 부당했다. 모두 다른 모양으로 아팠다. 이 평범한 아픔과 촘촘하게 타래 지어진 문제들을 온전히 개인이 감내해야 하는 걸까 의문이 들었다. 이는 분명히 펼쳐놓고 이야기되어야 한다는 것을 절실히 깨닫게 되었다.

　　매일 나가 노는 익숙한 물가에서 우연히 실 꼬투리 하나를 발견했다. 흥미롭게 살피다가 조심스레 잡아당겨 보았는데, 실 꼬투리는 복잡하게 얽힌 그물이었다. 당겨도 당겨도 계속해서 올라오는 낡은 그물은 내게 경력단절 여성들의 이야기와 같았다. 이 이야기는 단순히 임신과 출산 돌봄으로 인한 여성의 사회 참여에 관한 이야기가 아니다. 원하지 않았는데 전업주부가 된 사례로 시작해서 정규직에서 비정규직이 된 사연, 인사이동, 권고사직 이야기 등으로 이어진다. 일과 육아 사이에서 고군분투하는 이야기는 결혼하지 않기로 결심한 비혼주의자와 아이를 낳지 않기로 한 딩크족의 사례로 확장된다. 또 자식을 일터로 보내고 손자를 돌보는 황혼 육아, 직장맘의 빈자리를 대신하기 위해 구직에 나선 여성들, 또는 취약계층 여성이나 이주여성들의 일자리 이야기로도 이어진다.

이쯤 와서 돌봄에 관한 논의를 빼놓을 수 없다. 돌봄은 노동인가, 돌봄이 노동이라면 그것은 어떻게 여겨지는가, 돌봄의 수행자는 누구인가, 돌봄이 민영화될 수밖에 없는가, 민영화된다면 돌봄 대상자의 불평등은 예상할 수 있는가, 돌봄노동에 있어 성 불평등 문제는? 이야기와 질문은 복잡하게 얽힌 그물처럼 올라온다.

서른여 개의 이야기를 정리하면서 알게 되었다. 이는 나의 이야기이고, 내 친구, 나의 엄마, 내 이모, 우리 모두의 이야기다. 내 딸의 이야기, 내 아내의 이야기가 될 수도 있고 맞벌이 부부라 할지라도 경력단절은 현재 진행형일 수 있다. 남들이 다 겪는다고 해서 평범하다고 할 수는 없다. 누군가 아프다는 것은 이미 평범을 넘어선 것이다. 이는 짚고 넘어갈 필요가 있음을 시사한다. 그러므로 개별적인 이야기는 끊임없이 이야기되어야 한다. 그리고 우리는 다양한 목소리에 귀 기울여야 한다.

이 작업을 하며 겨우 경력단절 여성들의 이야기를 이해하기 시작했다. 그리고 다시 귀 기울이려고 한다. 평범함 속에 묻힌 수많은 이야기로 방향을 틀어보려 한다. 조금 더 낮고 고요해지려고 한다. 혹여 어디선가 미미하게 외치는 목소리를 들을 수 있도록. 이것이 내가 취할 수 있는 최소한의 노력이기에.

2021년 뜨거운 여름이 지나고
김정

1. 전업주부가
   되었습니다

나의 가치는 어디까지일까요

<아동미술학원 강사채용 공고>

경력 : 무관

학력 : 무관

근무 형태 : 정규직 수습기간 1개월, 아르바

이트, 프리랜서

급여 : 시급 10,500원

근무지역 : 서울 광진구

구직사이트를 몇 달째 전전하다가 겨우 추려낸
공고를 다시 들여다보았다. A가 전업주부로 지낸 지 9년,
경력단절 기간이 길었기에 당장 할 수 있는 일은 미술학

원에서 아이들을 가르치는 일이라 생각했다. 그림에서 손을 놓은 지는 오래되었지만 열정적이던 미대생 시절을 떠올리면 여전히 자신 있었다. 초등학교 2학년인 아이의 하교 후 스케줄을 고려해서 종일 일자리 대신 시간조절이 가능한 강사직을 택했다. 9년 전처럼 화려한 경력과 높은 연봉은 기대하지 않은 지 오래되었다. 그저 누군가의 아내, 누군가의 엄마로서가 아닌 자신만의 소속과 활동이 간절했다. 세상에 나오고 싶었다. 오랜 고민 끝에 이력서를 넣었고, 서류를 넣었던 미술학원 세 곳에서 모두 연락이 왔다. 가르치는 일에 경력무관, 학력무관이라니 다소 의아했지만 그것은 면접 자리에서 정확하게 짚고 넘어가면 될 터였다. A는 오랜만에 옷을 차려입고 설레는 마음으로 면접 자리에 나갔다.

첫 번째 미술학원은 아이를 돌봐야 하는 A의 상황을 배려해 주는 듯했다. 늦은 오후부터 저녁 시간대에 근무가 불가능하다는 A에게 학원은 아이를 데리고 출근하는 방식을 제안했다. "대신 현재는 코로나로 인해 아이들이 많이 빠진 상태라 당장 수업이 잡히지 않을 거예요. 그동안 출근해서 수업연구 하시고 아이디어 회의와 교실 꾸미기 등을 하면서 적응하시면 됩니다. 수업이 배정되면 그때부터 시간당 만 원이 지급될 거예요." 아이에 대한 배려에 고마운 마음이 우선했는데 가만히 생각해 보니 기한 없는 무급노동을 하며 학원의 빈 교실에 아이를 방치해야 할 장면이 그려지면서 A의 마음은 무거워졌다.

두 번째 미술학원에서는 A가 얻게 되는 기회에 대해 거듭 강조했다. "학벌이 상당히 좋으시네요. 학부모님들 보시기에 만족스럽겠어요. 그런데 선생님께서 미리 유의하셔야 할 점이 있는데, 우리 학원은 처음 들어오시면 2주간은 무급근무를 합니다. 아이들 얼굴도 익히고 일도 배워야 하니까요. 좋은 학교 나오셨지만 학원 근무 경험은 전혀 없으시잖아요. 저희 구인 조건에 경력무관이라 적혀 있는데 교육 매뉴얼이 다 나오기 때문이에요. 매뉴얼로 선생님들 교육시켜드리고, 선생님들 경력도 쌓게 되니 이만한 기회가 또 어디 있겠어요. 기회에 투자한다고 생각하고 근무하시면 좋겠습니다. 2주 후부터 정식 근무를 하게 되면 수업 전에 연구 한 시간, 수업 후에는 정리와 회의가 한 시간 있습니다. 이는 모두 시급에 포함되지 않습니다. 정규직 전환을 조건으로 계약직으로 일하게 되실 거예요. 문의하신 정규직 전환은 3개월 후, 혹은 1년 후 등으로 확실하게 말씀드리기 힘든 상황입니다." 원장의 장황한 말을 요약해보자면 '교육도 받고 경력도 쌓게 되니 고맙게 생각해야 하고, 정규직 전환은 결국엔 가능성이 없다'였다.

세 번째 미술학원은 다급했다. "저희는 선생님과 같이 일 해보고 싶습니다. 내일부터 당장 출근하실 수 있나요? 아이 스케줄 조정할 시간이 필요하시다면 조금 양보하더라도 다음 주부터는 출근을 하셔야 합니다. 그게 불가능하시면 저희와 함께 일할 수가 없겠네요. 시간 활용이 용이한 20대 선생님들을 얼마든지 구할 수 있거든요." 다급한 쪽은 그들이 아니었다. A였다. 구직하는 사람의 상황은 배제한 채 일방적으로 근무조건만 내세우며 자신들의 충분한 선택지에 대한 강조는 A를 위축시켰다.

A는 면접을 보고 돌아올 때마다 녹초가 되어 쓰러졌다. 몸과 마음을 추스르는 데 며칠씩 걸렸다. A는 자

신이 배우고 매진해왔던 일로 다시 사회에 나가고자 했을 뿐이다. 모든 상황을 고려해 욕심을 내려놓고 지원한 일자리였다. 무급기간에 일에 적응하라, 우리 입장에 맞춰 즉시 출근하라, 연구와 회의는 의무이며 무급이다, 노하우를 전수하니 기회로 생각하라 등과 같은 말들은 아무리 곱씹어도 부당했다.

"일터에 있는 시간 동안 9살 난 딸아이는 학원을 전전하겠죠. 출퇴근에 왕복 두 시간은 소요되더라고요. 버는 만큼 고스란히 돌봄비용으로 지출될 거라는 점을 감안하고 구직을 했어요. 그런데 일을 하게 되면 되려 마이너스가 나겠더라고요. 마음을 단단히 먹었다고 자신했는데 제가 맞닥뜨린 상황은 저를 절망하게 했습니다. 이쯤 되면 집 아래 편의점에서 시급제로 일하는 편이 훨씬 속 편하고 수입으로 따져도 이익이겠죠."

A는 담담하게 자조했다. 만삭의 몸으로 퇴사한 그 길로 나의 가치는 어디까지 떨어진 걸까. 그 가치라는

게 남아 있기는 할 걸까. 목표를 설정하고, 치열하게 노력하고, 이내 달성하는 수순에 익숙했다. A는 최선을 다해 살았지만, 결혼과 출산 육아로 멈춘 그의 시계는 여전히 제자리다. A는 일을 통해 삶의 밸런스를 찾고 싶었다고 고백한다. 그러나 경력이 단절되고 근무 가능한 시간이 제한적이라는 상황이 자신을 그저 만만한 착취의 대상으로 만든 걸까. A는 넘을 수도 부술 수도 없는 높고 견고한 벽을 경험했다. 그 아래의 깊은 구덩이로 고꾸라지는 느낌이 든다. 무기력이라는 구덩이.

홈스쿨링의 세계

　　오늘도 노하고 말았다. 아이의 빗발치는 문제
집을 보고 있으면 지난밤의 자책과 결심은 흔적도 없이
사라지고 만다. 겨울 방학을 앞둔 딸아이가 새 교과서
를 잔뜩 받아온 날 이 모든 것이 시작되었다. 아이는 무
구한 얼굴로 3학년이 되면 영어, 도덕, 사회, 과학, 음악,
미술 수업이 생긴다고 했다. 초등학교에 입학해서 더듬
더듬 글을 읽어 나가던 모습이 엊그제 같은데 어느새 아
이는 저학년 딱지를 벗게 되었다. D는 아이와 머리를 맞
대고 새 교과서를 뒤적여보았다. 새로 배우게 되는 외국
어는 차치하더라도 도덕이나 사회, 국어책을 살펴보니
글 밥이 상당했다. 놀라움은 수학책을 펼쳐보고 극에 달
했다. 내용은 어른이 봐도 금방 이해하기 어려워 D는 가

습이 철렁하는 느낌을 받았다. 내친김에 아이가 초등학교 2학년 수학을 얼마나 따라가고 있는지 체크를 해 보았다. 아이의 현 상태에 한 번 더 가슴이 내려앉았다. 코로나로 등교가 들쭉날쭉해서 전반적으로 학생들의 학습 능력이 떨어질 거라 예상하긴 했다. 하지만 많은 아이가 영수학원에 다니며 적극적으로 학습 구멍을 메우고 있지 않는가. 내 아이만 야생 그대로일지 모른다는 자각이 들고 나니 마음이 급해졌다. 그날 밤 D는 아이의 상태와 자신의 심경에 대해 남편에게 상의했다.

"정확히 말하면 상의가 아닌 구원을 요청한 겁니다. 남편의 직업은 의사예요. 저보다 훨씬 공부를 많이 했고 공부에 대해 잘 아는 사람이죠. 그런 남편에게서 돌아온 말은 '남들 신경 쓰지 마라. 공부는 알아서 하는 거다. 너무 마음 쓰면 아이에게 오히려 득보다 실이 될 것이다'였어요. 요즘 세상은 남편이 공부할 때랑은 다르다는 사실을 인정하지 않더라고요. 본인이 했던 것처럼 아이들도 스스로 잘할 거라는 기대를 하고 있습니다. 저는 예감했어요. 아, 아이의 공부에 관해서 상당히 외로운 싸움이 되겠구나."

D는 엄마가 된 이래로 끝없는 사교육의 길을 두 눈으로 확인해 왔다. 태교로 『수학의 정석』을 풀고 영어 문법과 중국어를 공부했다는 전설 같은 이야기도 들어보았고 아이의 돌부터 백화점 문화센터 수강 신청을 위해 자정에 컴퓨터 앞에서 대기한다는 이야기도 들어보았다. 영유아를 위한 프로그램은 주로 음악에 맞춰 율동을 배우거나 선생님이 이끄는 대로 놀잇감을 조작하는 수업들이다. 리듬감, 음감을 자극하고 소근육을 발달에 도움을 줘서 아이의 창의력에 큰 영향을 미친다고 했다. 어떤 이는 영어 노출이 가장 중요하다고 했고 누구는 수학 감각을 길러주는 것이 가장 좋다고 했다. 이를 위해 고가의 교재와 교구를 들이고 방문 수업을 받는 경우도 있다고 했다. 또 공간 전체를 도화지처럼 사용하고 미술 재료를 온몸으로 느끼는 퍼포먼스 미술수업이 스트레스 해소와 창의성에 도움이 된다고 했다. 연간 수업료가 대학등록금을 넘어서는 영어유치원에 보내는 이들도 있었다. 초등학교에 들어가면 영어와 수학학원을 기본으로

예체능학원을 비롯해 논술학원, 스피치학원에 보낸다. 이 모두 특별한 이야기가 아닌 D의 주변에서 일어나는 일이었다.

"저는 이 같은 열정에 동의하지 않았죠. 어릴 때부터 사교육비에 돈을 쓰고 싶지 않았고 인지교육의 중요성을 느끼지 못했기 때문입니다. 그저 아이들이 자유롭게 노는 시간을 존중하고 그림책을 원 없이 읽어주는 것. 그것이 제가 교육에서 중요시하는 유일한 것이었고 그 생각은 남편과 완전히 일치했어요. 그런데 저의 신념이 송두리째 흔들리기 시작한 날이 새 교과서를 받아온 바로 그 날이었습니다."

D는 수학 전공자 지인과 아이가 초등 고학년이 된 육아 선배에게 차례로 전화를 돌려 조언을 구했다. 전화기 너머로 우선 들려오는 말은 '너 아직도 그러고 있니?', '3학년 수학부터 어려워지니까 그전에 탄탄하게 기초가 잡혀 있어야 한다', '연산능력이 잘 되어있으면 고학년이 될수록 어려워지는 수학에 큰 힘이 될 것이다' 였다. 그

리고 그들은 마치 짠 것처럼 통화 말미에 똑같이 덧붙였다. '영어는 시작했니?', '아직도 안 했니?', '제정신이니?' 불안해진 D는 도서관에 들러 초등학습에 관한 책들을 찾아보았다. 어떤 문장들은 화살이 되어 가슴에 박혔다.

"격차는 3학년부터 시작해서 학년이 올라갈수록 더 벌어집니다."

"소위 '공부머리'라는 것은 부모님이 아무것도 안 하는데 그냥 터지지 않습니다."

위안 삼으려고 책을 펼쳤는데 불안감은 더욱 고조되었다. 아직 어리니까, 저학년이니까, 동기는 아이의 마음속에서 자연스레 싹트는 거니까, 기다려 주는 게 부모의 일이니까, 자신을 다독이면서 지켜온 신념은 합리화에 불과했던 걸까. D는 비로소 자신의 욕망을 있는 그대로 들여다볼 수 있었다. 나서서 시키지 않았던 마음 깊숙한 곳에는 내 아이가 알아서 잘해줄 거라는 막연한 믿음이 있었다. 하지만 그것의 정확한 이름은 믿음이 아닌 오만이었다.

D는 곧바로 이번 겨울방학의 목표를 세웠다. 큰아이 2학년 수학을 복습하고 영어공부를 시작하는 것. 아이를 집 근처 수학학원에 보내고 영어학원에 등록하면 간단하겠지만, 사교육에 아이를 맡기는 일은 최대한 미루고 싶었다. 수학은 문제집을 하나 선택해서 꼼꼼히 봐주고 영어는 집에서 하는 학습프로그램을 신청했다. 이른바 '홈스쿨링', '엄마표 공부'의 세계로 첫발을 들이게 된 셈이다. 그것으로 끝이 아니었다. 초등학교의 입학을 앞둔 둘째 아이의 한글 깨치기 임무를 잊지 않아야 했다. 방학 일과는 아침을 먹고 9시가 되면 책상에 앉는 것부터 시작한다. 큰아이가 수학 문제집을 푸는 동안 D는 작은아이의 한글 공부를 봐준다. 작은아이 공부가 끝나면 큰아이가 풀어 놓은 문제를 채점한다. 틀린 부분은 같이 짚어보고 다시 한 번 풀어보게 한다. 다시 푼 문제를 또다시 풀이해줘야 하는 경우도 상당했다. 그러다 보면 점심시간이 다가와 급히 밥을 차려 먹인다. 이후에 아이들이 쉬는 동안 D는 집안 정리를 하고 장을 보러 나가고 반찬을 만들어 둔다. 오후 4시가 되면 큰아이의 영어공부를 챙긴다. 그동안 둘째 아이 알파벳을 가르친다.

큰아이가 하는 걸 보고 자기도 해 보겠다는 걸 말리지
못해서 계획에 없던 작은아이의 영어공부도 시작된다.
시간은 어느새 6시가 되고 D는 저녁을 준비한다. 저녁
을 먹고 뒷정리를 하고 아이들에게 책을 읽어주고 잠자
리를 살핀다. 아이들이 잠들고 나면 비로소 진이 다 빠
진 몸을 소파에 내 던진다. 밀도 있는 하루를 보낸 보람
보다 오늘 하루 아이에게 쏟아낸 분노에 대해 생각한다.
D에게 홈스쿨링의 최대 관건은 정보와 전략 따위가 아
니다. 감정컨트롤이다. 매일의 다짐은 언제나 보란 듯이
실패했고 오늘도 하루의 끝은 자괴감으로 얼룩진다.

　　D는 자신이 홈스쿨링의 세계에 이렇게 발을 들여놓
을지 몰랐다. 남편과 생각이 다르니 그에게서 공부방법
이나 교재 선택 등의 도움을 받을 수 없다. 아이 교육에
대해서 모든 책임을 혼자 짊어졌다는 부담감을 느낀다.
기존에 가지고 있던 신념이 흔들린 데서 오는 혼란, 혹
시 늦은 건 아닌가 하는 걱정, 이 방법이 맞는 것인지에
대한 답답함, 홈스쿨링을 계기로 아이와의 관계가 틀어
지는 것은 아닌지에 대한 고민. 그것은 총체적 불안감이
었다. 나의 무능으로 아이에게 실패한 삶을 안겨주지는

않을까 하는 두려움이었다.

"남편이 아이 공부에 있어 태평할수록 제 마음은 더 조급해져요. 하루는 그 이유가 뭘까 곰곰이 생각해 보았어요. 남편은 경제활동으로 바쁘고 가사와 육아를 전담하는 것은 저인데, 이대로 가다가 정말 아이의 실력이 뒤처진다면 전업주부인 제 책임으로 돌아올 거 같아요. 아직 어려서 관대할 수 있다고 해도 정말 성적이 중요한 중·고등학생이 되어서도 아이의 학업이 부진하다면 온 집안의 원망이 어디로 갈지 불 보듯 뻔하지 않나요? 집에 놀면서, 애나 키우고 있으면서, 아이 공부하나 못 챙겼냐는 원망은 남편과 양가 어른들에게 얼마든지 들을 수 있을 것 같아요. 특히나 남편의 명석한 머리, 모두가 선망하는 직업을 전제로 한다면 더욱이요. 고생하는 직장맘들께 죄송스러운 말인 줄 압니다만 솔직한 심정으로 잘나가는 직장맘이었다면 최소한의 면죄부는 있지 않을까 생각합니다. 경력이 단절된 전업주부의 부담감이 이 조급함의 시작이 아닐까 생각합니다."

소설가 지망생

　　오랫동안 간직해왔던 글쓰기에 대한 욕망이 봇물 터지듯 흘렀다. 흠모하던 소설가의 북 토크에 다녀온 이후부터였다. 작가의 말들은 가만히 다가와 C의 욕망에 말을 걸고 가슴에 오랜 울림을 남겼다. C는 소설을 쓰고 싶었다. 소설을 즐겨 읽기는 했지만 막상 쓰려고 하니 막막했다. 집에서 한 시간 반 거리에 있는 인문학 공간에서 소설 쓰기 강좌가 열린다고 했다. 현직 소설가가 소설에 관한 강의를 하고 글에 대한 코멘트를 직접 한다고 했다. 강의는 매주 화요일 저녁 7시부터 9시까지. 일주일 중 단 하루 저녁의 수업을 위해 온 가족의 협조가 필요했다. C는 5시 반에 집을 나서야 했고 남편이 퇴근하고 돌아오면 7시였다. 5시 반에서 7시까지 저녁 시간대에 아이들 맡길 데가 마땅치 않아서, C는 한 시간 반 동안의 공백을 TV 만화영화에 맡기기로 했다. 8살과 6살, 두 아이가 흔쾌히 동의했다. 첫 수업, 지하철로 이동하는 동안 아이들에게서 대여섯 통의 전화가 왔다.

　"엄마 어디야?"

　"아빠는 언제 와?"

　"엄마 어디야?"

　"아빠는?"

　"무서워..."

　전화는 업무 중인 남편에게도 갔을 것이다. 6시 30분에 마치고 나와야 할 남편의 퇴근은 뜻대로 이루어지지 않았다. 남은 업무 때문에 마치는 시간이 조금씩 미뤄지기 일쑤였다. 수업은 알차고 좋았지만, 집에서 나서기 전부터 불편한 마음은 귀가해서 잠든 아이들을 확인하고 나서야 간신히 가라앉았다. 그럴 때마다 C는 마음을 다잡았다. 힘들지만 6개월간의 과정을 무사히 마무리하자고. 소설을 잘 쓰는 것보다 이 과정을 끝까지 하는 것이 목표라고.

　수업 5주 차 되던 날, 큰아이가 폐렴을 앓아 고열에
시달리고 있었다. C는 출발 시각이 임박하도록 참석 여
부를 결정할 수 없었다. 다행히 아이의 열은 내렸다. C
는 기운을 잃고 누워있는 아이에게 만화를 틀어주고 나
왔다. 수업 장소로 가고 있는데 평소 3~5회 오던 전화
가 일 분 단위로 오기 시작했다. 축 늘어진 누나와 단둘
이 있는 게 작은아이에겐 몹시 불안했을 것이다. 아빠
의 퇴근은 그날따라 더 늦었다. 작은아이는 결국 울음을
터트리고 말았다. 뒤에서 큰아이까지 우는 소리가 들렸
다. 발을 동동 구르는 동안 지하철은 이미 도착지에 가
까워지고 있었다. 지금 집으로 돌아가도 한 시간은 족히
걸릴 터였다. 그도 아이들과 같이 울고 싶은 심정이었
다. 이러지도 저러지도 못하고 다음 역에서 내릴까 고민
하고 있었는데, 마침 지금 집으로 간다는 남편의 전화를
받았다. 사태는 일단락되었지만 수업은 전혀 귀에 들어
오지 않았다. 집에 돌아가니 두 아이 모두 새근새근 잠
자고 있었다. 큰아이는 식은땀을 흘리며 혼신을 다해 폐

렴과 싸우고 있었다. 땀을 닦아주고 나니 온몸에 힘이 쭉 빠졌다.

큰아이의 상태가 차도를 보였기에, C는 주말에 예정되어 있던 친정아버지 생신맞이 식사자리에 갔다. 식사가 끝나자 갑자기 작은아이가 얼굴빛이 변하더니 열이 오르기 시작했다. C는 아이들을 데리고 집으로 돌아가는 차에 급히 올랐다. 아이는 차에 타자마자 잠들었고, 조금 후 이상한 낌새를 느낀 C는 뒷좌석을 돌아보고 까무러치듯 놀랐다. 아이는 눈이 뒤집힌 채 사지를 떨고 있었다. C는 안전벨트를 풀고 뒷좌석으로 넘어가 아이를 안았다. 아이를 끌어안고 이름을 불렀지만, 아이의 경련은 멈추지 않았다. C는 혼이 달아난 채 아이의 이름을 부르고 다시 불렀다. C는 떨리는 손으로 119에 전화를 돌리고 상황을 설명했다. 그사이 남편은 꽉 막힌 6차선 도로에서 초인적인 힘으로 차를 돌려 길가에 주차하고 구급차를 기다렸다.

경기는 가라앉았지만, 아이는 그 자리에서 기절한 것처럼 고꾸라졌다. C는 아이의 이름을 부르고 또 불렀다. 구급차가 다가왔고 구급대원이 아이의 상태를 보더니 열경기라고 했다. 위급한 상황은 지나갔다는 말을 듣고 곧바로 낯선 동네의 응급실로 향했다. 그사이 아이는 희미하게 눈을 떴다. 응급실 의사는 격렬한 경기 후에 잠시 잠이 들 듯 휴식을 취하는 현상이라며 수액을 놓아 주었다. 아이는 급성 폐렴이었다. 폐렴은 큰아이에게서 작은아이에게 고스란히 옮겨간 것이다. 링거를 다 맞고 네 식구는 집으로 돌아왔다. C는 기운을 잃고 늘어진 아이를 달래어 수시로 보리차를 먹이고 약을 챙기고 몸을 닦아 주었다. 죽을 쑤어 떠먹이고 다시 몸을 닦아주고 다시 물을 먹였다. 열이 올랐다 내리기를 반복했고 C는 아이 곁에서 밤새 잠을 이루지 못했다. 간병은 계속되었다.

나을 듯 말듯 며칠을 시름 앓던 아이는 차도를 보였고 가족은 일상으로 돌아왔다. 아이들이 잠든 시각, 부부는 마주 앉아 맥주를 마시면서 며칠 전 급박했던 아이의 경련에 관해 이야기했다. 그날의 충격을 며칠 만에 입 밖으로 꺼내는 자리였다. 누가 먼저랄 것도 없이 울음을 터트렸고 두 사람의 눈물은 걷잡을 수 없이 흘렀다. 그땐 정말 아이가 잘못되는 줄 알았다고, 세상이 끝

나는 줄 알았다고, 겨우 말을 이으며 부부는 서로를 다
독였다. C는 앓아누운 큰아이를 두고 소설 수업에 나서
던 그 날을 떠올렸다. 어른이 없는 집, 큰아이라고 해서
작은아이와 같은 상황을 겪지 말란 법이 없었다. 배우고
경험하고자 했던 열정이 한순간에 다 흩어졌다. 모두 부
질없게 느껴졌다. 겨우 정신을 차린 C는 소설 수업의 선
생님께 문자를 보냈다.

'선생님, 안녕하세요. 수업 참여자 C입니다. 가정일
때문에 더 이상 수업에 참여하지 못하게 되었음을 연락
드립니다. 저의 피치 못할 사정에 넓은 이해 부탁드립니
다. 그동안 감사했습니다'

전송 버튼을 누르고 C는 멍하니 휴대폰을 응시했
다. 나는 아무것도 시도해서는 안 되는 사람인가. 일주
일에 한 번, 단 한 번의 외출도 허락되지 못하는가. 새로
운 것을 꿈꾼다는 것은 엄마 된 사람으로서 무리인가.
그렇다면 내가 세상으로 나갈 수 있는 시기는 언제인가.
영영 엄마라는 틀에 갇혀야 하는가.

다음 날 아침, C는 몸을 가눌 수 없었다. 온몸이 뜨겁고 무겁게 가라앉았다. 이내 예감했다. 큰아이에서 시작해 작은아이를 거쳐 온 폐렴이 자기 차례라는 것을.

잼을 끓이다가

철마다 잼을 끓인다. 딸기의 단물이 빠지는 3월의 끝이면 딸기잼을 만든다. 5월이면 잘 익은 무화과를 사다가 잼을 담는다. 6월엔 친정 밭에서 난 살구와 복숭아를 가져다가 잼을 끓이고 여름의 끝 무렵엔 포도잼을 만든다. 겨울의 목전 11월이면 사과껍질을 벗기고 잘게 썰어 졸인다. 매서운 추위가 기승을 부리면 귤을 사다가 귤잼을 넉넉히 만들어 둔다. 같은 잼도 점도를 달리하면 다른 종류의 음식이 된다. 과육을 쪼개거나 갈지 않고 그대로 살린 채 화이트와인 한 병과 설탕을 듬뿍 넣고 졸이면 복숭아 병조림이 되고 때론 딸기 콤포트, 살구 콤포트를 맛볼 수 있다. 잼보다 촉촉하고 과육이 신선하게 살아있는 콤포트를 빵에 올려 곁들이면 그만한 풍미도 없기에 빼놓지 않고 따로 만들어 둔다.

잼을 끓일 때의 고충이라 하면 끓어 넘치지 않게 불 조절을 민감하게 해줘야 하고 눌어붙지 않도록 계속해서 저어줘야 한다는 것이다. 그 말은 과일을 사다가 씻고 다듬고 적당한 크기로 썰고 동량의 설탕을 넣고 끓이면서 잼이 완성될 때까지 솥단지 앞을 떠나지 못한다는 뜻이다. 또 한 가지 반드시 챙겨야 할 것은 미리 잼을 담을 그릇을 열탕 소독해서 건조 시켜 두는 일이다. 잼을 장기간 보관하기 위한 중요한 작업이다. 이렇듯 손이 많이 가지만 두 아들과 남편이 유난히 빵을 즐기기에 J는 잼 끓이기 프로젝트를 일 년 내내 거르지 않고 수행한다.

"그때그때 해두면 그리 어렵지 않고요. 난이도가 높은 간장, 된장, 김장김치는 친정의 신세를 지고 있으니 아직 주부로서는 하수라고 할 수 있겠죠. 그것들도 언젠가 제 손으로 하게 될 날이 오겠지요. 어쨌든 잼은 철마다 종류별로 만들어두면 그날의 기분에 따라 다양하게 즐길 수 있다는 게 가장 큰 기쁨이고 보람이죠."

대학에서 국문학을 전공하고 입시학원에서 고등학생들을 가르쳐왔던 J는 결혼하면서 전업주부가 되었다. 양가 부모님과 남편이 살림만 하기를 원했고 J는 그에 대해 별 반감 없이 가정주부로 살았다. 큰아이가 중학교 2학년이 되었으니 벌써 햇수로 주부 15년 차다. 주부로서 일과는 남편과 아이들의 아침을 챙기고 각각 직장과 학교에 보내놓고 나면 부엌을 정리하고 집 전체를 청소한다. 아토피가 있는 아이를 위해 환기와 침구세탁을 자주 하는 편이고 집안 먼지 제거에 신경을 많이 쓴다. 정돈이 마무리되면 곧장 장을 보러 간다. 주로 유기농마트를 이용하고 그날 먹을 만큼 소량만 구입하는 편이다. 그러곤 집에 돌아와 식재료를 정리하고 손본다. 국물의 육수를 내거나 채소를 데쳐서 무쳐두기도 하고 간단히 밑반찬을 만들어 두기도 한다.

짬이 날 때 해두는 중요업무 중 하나는 다림질이다. 매일 정장을 갖추어 입는 남편의 셔츠를 깨끗하게 세탁해 빳빳하게 다림질하여 나란히 걸어둔다. 남편 것을 챙기면서 아들의 교복 셔츠도 함께 손본다. 일주일에 두어 번은 하는 작업이고 시간이 제법 걸리지만 세탁소를 이용하기보다 정성을 다해 다림질하기를 자처한다. 뽀얗게 열 맞춰 걸린 셔츠를 보고 있으면 개운해지는 기분을 놓치기 싫어서다.

간단히 점심을 해결하고 나서 한숨 돌릴 만하면 초등학생인 작은아이의 하교 시간이 다가온다. 아이의 학교생활에 관해 이야기를 나누고 간식을 챙긴다. 따로 학원에 가지 않는 아이의 숙제와 수학연산, 영어공부를 챙기고 나면 저녁 준비를 시작한다. 하교한 큰아이와 퇴근하고 돌아온 남편을 맞이하고 온 가족이 둘러앉아 저녁을 먹는다. 설거지를 마무리하고 과일을 깎는다. 밤 10시경 작은아이의 잠자리를 살피고 나면 J의 일과가 마무리된다.

"주부로서의 생활이라고 하면 만족할 것도 불만족할 것도 없습니다. 그냥 이게 제 삶이니까요. 가족 모두가 필요로 하는 일을 하는 것이 제 역할이라고 생각합니다. 아이가 크는 모습을 보는 것, 남편이 사회생활을 잘하도록 내조하는 것은 저에게 보람 있는 일입니다."

연일 계속되는 한파 중에 외투를 여미며 시장에 나가, 싸고 싱싱한 귤을 한 박스를 샀다. J는 오늘도 잼을 끓인다. 한 개씩 껍질을 까서 믹서기에 가볍게 갈아 준다. 설탕을 붓고 큰 솥에 가스 불을 켠다. 가스레인지 앞을 떠나지 못하고 지켜보다가 끓어오르기 시작하면 불을 낮춘다. 문득 아침에 초등학교 2학년생인 작은아이가 뾰로통한 얼굴로 내뱉은 말을 곱씹는다. '학교 가기 싫어. 나도 엄마처럼 집에서 놀고 싶어. 엄마는 매일 집에서 놀잖아.' J는 나무 주걱으로 천천히 솥을 저으며 피식 웃음을 터트린다.

"예전에는, 그러니까 큰아이 키울 때는 전업주부로서 '집에서 아무것도 하지 않는다', '집에서 논다'라는 평가와 편견에 당당하지 못했죠. '집에 노는 사람'은 전업주부의 다른 말이기도 하잖아요? 이제는 좀 여유가 생겼다고 할까요. 간혹 주변에서 '집에서 논다'라는 말을 듣기도 하지만 그러려니 합니다. 예전보다 단단해졌어요. 내가 전업주부로서 최선을 다하고 있다고 스스로 인정하게 되었으니까요. 순진

무구한 아이의 말에 웃음이 납니다. 우리 집 둘째 녀석이 매일 먹는 잼은 그저 땅에서 솟는 것이 아닌데. 마냥 귀엽죠."

향긋한 냄새를 머금은 금빛 잼이 완성되어 간다. 점도가 높아질수록 자주 저어야 하고 팔에 들어가는 힘의 강도는 높아진다. 바글바글 끓어오르는 솥단지에 원을 그린다. 천천히 지속해서 원을 그린다. 그렇게 그는 잼을 끓인다.

알바 구하시나요?

5월 25일 날씨 맑음. 날씨만 맑음.

오랜만에 일기장을 펼쳤다. 이대로 있다간 정말로 진짜로 경력단절 여성이 될 것만 같다는 불안감에. '결혼과 함께 퇴사하고 육아한 지 2년 차'라고 쓰고 '경력단절 2년 차'라고 읽는다. 그러니 누가 뭐래도 나는 경단녀다. 오늘도 나는 구직사이트를 뒤지고 있다.

〈알바구함〉

〈주부재택〉

〈함께 일하실 분을 찾습니다〉

〈재택알바 구인〉

〈가족을 찾습니다〉

온통 구하고 찾는다고 아우성치는데 내게 맞는 자리는 눈 씻고 찾아봐도 없다. 끝도 없이 **빽빽**하게 펼쳐진 구인광고의 숲에서 오늘도 길을 잃었다. 저기요. 여기가 어딘가요? 오겡끼데스까? 와따시와 오겡끼데쓰. 모두 알바 구하시나요? 저도 알바 구해요.

아이가 아직 어려서 정규직은 자진해서 거른 지 오래다. 재택알바 위주로 찾다가 지난달 어렵게 일을 하나 찾았다. AI 구동을 위해 사람 목소리를 녹음하여 모으고 있는 회사였다. 200개의 문장을 녹음하는 데 한두 시간쯤 소요되고 건당 8만 원이 지급된다고 했다. 아이가 자는 밤에 작업하고 일주일에 몇 건씩 해낸다면 이만한 일도 없겠다는 생각에 기분이 좋아졌다.

그런데 막상 뚜껑을 열어보니 그리 간단치는 않았다. 작업 시간은 두세 배 더 걸렸고 일은 예상과 달리 계속 주어지지 않았고 일회성이 전부였다. 그렇게 나는 다시 구인광고의 숲으로 걸어 들어갔다. 헤매다 보니 길이 보이는지 또 다른 재택알바를 찾았다. 영화 리뷰 유튜버가 구인광고를 올렸는데 영화를 보고 요약문을 써주는 알바였다. 국문과 나온 게 이럴 때 빛을 발하는군. 글 쓰고 요약하는 일쯤이야. 아, 그런데 이게 뭐람. 바로 일에 투입되는 것이 아니었다. 실력을 검증해야 하니 우선 작품을 보고 글을 하나 보내란다. 하는 수 없지. 열과 성을 다할 수밖에. 바로 그날 밤에 두 시간을 들여 영화를 보고 다음 날 밤중에 두 시간을 들여 글을 썼다. 그리도 다음날 퇴고를 마치고 글을 전송했다.

　　며칠 후 유튜버로부터 기다리던 메일을 열면서 나도 모르게 긴장했다. 제발. 제발. 저를 써 주세요. 그런데, 아... 대실망. 지원자가 많아 죄송하게 되었다며 다음번에 다시 지원해달라는 내용이었다. 아쉬운 마음은 둘째 치고 잠도 거르고 열심이었던 나의 밤중 대여섯 시간과 나의 소중한 요약문을 이대로 날린 거라 생각하니 억울했다. 또다시 구인광고의 숲으로 걸어 들어가야 하는 건가. 이참에 재택근무만 찾을 게 아니라 밤샘 공장 알바라도 찾아봐야 하나.

일찍 결혼한 덕에 벌써 아이가 초등학생이 된 친구가 작년 코로나 발생 초기에 마스크 공장 알바를 다녀왔다고 했다. 당시에 마스크 수요가 폭증하는 바람에 공장은 주야 없이 일손이 필요했고, 동네 아줌마들 사이 입소문으로 알바들이 모여들었다고 했다. 아이들이 잠든 후 자정쯤 셔틀버스를 타고 도시 외곽의 공장에 도착해 우르르 줄을 지어 입장한다고 했다. 마스크를 검수하고 분류하고 묶는 단순한 작업으로 밤새 마스크 더미와 씨름하고, 날이 밝으면 집으로 돌아와 잠을 청했다고. 와... 도무지 상상이 안 된다. 그 친구는 한때 국문과 장학생이었는데. 슬픈 사실은 지금 내가 지원한다 해도 전혀 이상한 상황은 아니라는 것이다. 어디든 일할 곳이 있다면야 달려가야 할 상황이다. 그렇게 생각하니 우울해진다. 내가 할 수 있는 게 별로 없다는 현실이. 둘 중 하나다. 구직을 위해 아예 새로운 일을 배우려면 돈과 시간을 투자해야 하거나, 기존의 전공과 경력과는 전혀 상관없는 노동직을 찾아 나서거나.

아... 그때 국문과 가지 말고 전문직 학과로 진학할

걸. 하긴, 친구들 보니까 전문직이라고 경단녀 되지 말란 법도 없긴 하다만. 차라리 공무원이 되었어야 했나? '차라리'라고 말하기엔 공무원은 아무나 된다니. 휴… 눈꺼풀이 무거워지는 걸 보니 시계는 벌써 새벽 2시를 가리키고 있다. 그냥 자자. 내일은 내일의 해가 뜨고, 내일의 육아가 있고, 내일의 설거지와 빨래와 밥이 있고, 내일의 구인광고 숲이 기다리고 있을지니. 이만 굿나잇.

결혼, 가족계획, 자아실현

　　수업이 끝나고 맥주집에 둘러앉았다. 첫 잔을 들어 모두가 목을 축이기를 기다렸던 A는 청첩장을 꺼내 나누어 주었다. 예식 날짜는 논문 학기만 남긴 1월의 어느 날이었다. 학부를 졸업하고 바로 대학원에 진학한 A는 공간설계 디자인 28기 중 가장 막내였다. 나머지는 대부분 현장에서 10년 이상 잔뼈가 굵은 베테랑들이 공부를 위해 대학원에 지원한 케이스였다. 석사과정 5학기 중 4학기를 보내는 동안 동기들과의 우애는 각별하게 쌓였다. 가장 연장자가 청첩장을 들여다보며 걱정스러운 얼굴로 조심스럽게 입을 뗐다.

　　"저기, 논문 쓰고 졸업한 후에 인테리어 사무소에서

1~2년만 경력을 쌓고 결혼해도 되지 않아?"

그러자 머뭇거리던 동기들 모두 한마디씩 거들었다.

"그래, 너 이제 스물여덟인데 결혼하기엔 너무 아깝다."
"그러게 뭐가 그렇게 급했니? 일 좀 익히고 해도 늦
지 않는데."

A는 당황스러웠다. 언니 오빠의 염려가 잔소리로
들렸다. 모두 결혼을 했고 아이가 있거나 아이를 가지려
고 노력하는 상황에서 자신에게 그런 조언을 한다는 것
이 이상스레 느껴졌다. A는 감정을 추스르고 태연한 척
맞받아쳤다.

"결혼을 하고 안 하고가 무슨 상관이야? 취업은 그
냥 하면 되는 거지. 나 전업주부는 꿈도 안 꾸니까 걱정
마. 꼭 내 몫을 다 하면서 살 거니까."

큰소리치고 뒤돌아섰지만 그 날 이후로 A의 마음속

에 불안의 씨앗이 싹을 틔웠다. 지방에서 치러진 결혼식에 대학원 동기들은 빠짐없이 참석해 주었다. A는 결혼후 동기들과 서로 의지하며 남은 논문 학기에 최선을 다했다. 어렵게 논문은 마무리되었고 A가 본격적으로 취업시장에 나서야 할 때가 다가왔다. 이력서를 몇 군데넣었는데 답이 없었다. 후에 면접을 보러 가는 곳마다대학원과정 중에 결혼했다는 점을 언급하며 말을 흐렸다. 함께 일하자는 연락은 끝내 듣지 못했다. 그리고 A는 한 회사의 면접 자리에서 그 이유를 깨닫게 되었다.

"결혼하셨는데, 자녀계획은 있으신가요?"

A는 당황했고 어떤 대답도 선뜻 할 수 없었다. 아직서른이 되기 전이었고 자녀계획에 대해 전혀 고민해 보지 않았기 때문이었다.

"아직 잘 모르겠습니다."
"잘 모른다라... 임신 가능성이 있다는 소리네요?"

A는 고개를 떨구고 말았다. 면접관이 말을 이었다.

"임신을 한다면 일에 지장이 없겠어요? 회사에 피해를 주지 않을 거라고 확신할 수 있습니까? 뽑아서 가르쳐놓으면 결혼한다고 관두고, 임신했다고 관두는 경우를 많이 봐서요. 심한 경우는 출산휴가 쓰고 돌아와서 바로 사직서를 내는 경우도 있어요."

추궁하는 듯한 면접관의 태도가 불편했지만 뚜렷이 반박할 수 없었다. 임신과 출산이라니, 이제 막 결혼한 A에게 아직 먼 이야기처럼 느껴졌다. 남편과 그 문제에 대해 진지하게 상의해 본 적도 없었다. A는 아직 20대 후반이었기에 대학원을 졸업하고 직장을 구하는 걸 우선으로 생각하고 있었다. 결혼의 유무보다 일을 하겠다는 자신의 의지와 능력이 더 중요할 거라 확신하고 있었다.

그 날의 면접 이후 A는 혼란스러웠다. 결혼과 가족계획, 진로가 하나의 고리로 연결되어 있다는 사실을 소름 끼치도록 깨달았기 때문이었다. 내게도 임신과 출산이라는 일이 벌어질 수 있구나. 임신과 출산이 나의 진로에 지대한 영향을 가져다줄 수도 있겠구나. 다시 말해 막대한 단절이 다가올 수 있겠구나. 그렇다면 아이 없는 삶을 선택해야 할까? 그것 역시 쉽게 결론 내릴 수 없었다. 말 그대로 낳는다 해도 걱정, 낳지 않는다 해도 걱정이었다. 아이를 낳는다면 그 시기는 언제가 좋을까. 출산 후에는 어떤 일이 벌어질까. 결혼이든 출산이든 상관없이 일을 놓지 않겠다는 생각만 했는데 그게 가능한 일일까? A는 비로소 깨달았다. 아, 이것이 대학원 동기들이 걱정하던 바로 그 지점이구나. 인생의 동반자를 만났고 평생 함께하자는 약속했을 뿐인데, 미래가 송두리째 흔들리는 기분이었다.

A는 착잡한 마음으로, 디자인 현장을 진두지휘하고 있을 대학원 동기에게 전화를 걸었다.

"어, 웬일이야?"

"나 실수한 거지?"

"무슨 소리야?"

"오빠 말이 맞았어. 처음부터 순서가 잘못되었어."

"응?"

"일이 먼저야. 일부터 하고 결혼을 했어야 해."

"어… 정해진 순서라는 게 있어서는 안 되는 법인데…"

동기는 말을 잇지 못했다. 두 사람 사이 침묵은 한동안 계속되었다.

여성인력개발센터

그 날은 아이를 유치원 버스에 태워 보내고 곧
장 외출 준비를 했어요. 미루고 미루던 숙제를 오늘은
꼭 하리라 마음먹었거든요. 시에서 운영하는 여성회관
에 들러 취업 관련 정보를 알아보는 일이었어요. 버스
를 타고 삼십 분을 달려 도착한 여성센터는 전면에 상담
창구가 여러 개 있고 뒤편으로 사무공간이 있는, 꽤 복
잡한 곳이었어요. 그중 상담자가 없는 창구의 담당자와
눈이 마주쳤어요. 자석에 끌리듯 그 앞으로 걸어가 꾸벅
인사를 했지요.

"어떻게 오셨어요."
"취업에 대해 알아보려고 합니다."

"선생님 나이가 어떻게 되시죠? 자녀가 있으세요? 자녀 나이는요?"

제 답변에 상담자가 고개를 끄덕이더니 이어서 질문했어요.

"생각하고 계신 분야가 있으세요?"
"아직 잘 모르겠는데요."
"선생님, 분야는 최소한 정해주셔야 하는데요."
"그렇군요…"

머뭇거리다 다시 질문했어요. 마음이 급했나 봐요.

"그런데 여기서 자격증을 따거나 교육을 들으면 취업할 수 있는 건가요?"
"저희가 최대한 도움을 드리긴 하지만, 구직하는 분의 선택과 의지가 굉장히 중요합니다."

담당자가 저의 등 뒤편 전단이 진열된 장을 가리켰

어요.

"선생님, 저기 정보지를 꼼꼼히 살펴보시고 다시 말씀 나누는 게 어떨까요?"

"네."

그렇게 뒤돌아 나왔어요. 담당자의 말에 주눅이 들긴 했지만, 틀린 말이 아니었죠. 수많은 전단을 차례로 하나씩 왼팔에 얹었어요. 모두 모으고 보니 양이 제법 많더라고요. 우선 이걸 집에서 꼼꼼히 살펴보기로 하고 다시 버스를 타고 집으로 돌아왔어요. 이럴 거였으면 진즉에 오는 거였는데, 정보지 챙겨 와서 천천히 읽어보는 게 뭐라고 망설였던 걸까요?

모두가 잠든 밤중에, 전단을 식탁 위에 펼쳐두고 하나씩 읽어나가기 시작했어요. 국비지원 훈련생 모집. 그 아래 세부적인 분야를 살펴보았어요. 기업 맞춤형 호텔 객실관리사, 멀티 경영지원 사무원, 웰메이드 어린이 급식조리사, MICE 프로젝트 매니저 양성과정, K-FOOD

카페 창업, 언택트 강사스킬 UP 역량강화 프로그램, 여행 스토리 메이커, 공유숙박 운영 전문가 등이었어요. 생각보다 다양해서 놀랐고, 이름이 어려워 어떤 일인지 알 수 없는 분야도 있었어요. 전산이나 회계 등 컴퓨터 관련 자격을 배우는 과정도 있었고, 컴퓨터로 디자인을 배우는 과정, 베이비시터 전문가 과정, 정리 수납전문가 과정도 있었어요. 그 외 사회문화 과정으로 캘리그라피, 블로그 작가 수업, 페이퍼 플라워 특강 등도 있었는데, 취업보다는 취미 강좌로 보였어요. 이 많은 것 중에 어느 것도 와 닿지 않아서 좀 답답하더라고요. 그러다 책자 형태로 된 홍보물에 시선이 머물렀어요.

< 취업 두드림, 여성 새로 일하기 >

| 교육대상
취업을 희망하는 모든 여성 (연령, 학력무관)

| 교육일정
기본과정 (5일간 총 20시간)

1일 차 - 나의 삶과 마주하기

2일 차 - 변화하는 세상 이해하기

3일 차 - 나의 재발견으로 한 걸음 더

4일 차 - 취업의 문 들어가기

5일 차 - 새로운 힘찬 출발

심화과정 (3일간 총 12시간)

1일 차 - 나의 경력탐색

2일 차 - 재취업을 향한 탐색

3일 차 - 재취업 준비

| 교육내용

자기이해 및 도전직업 탐색, 직업세계의 변화 인식, 직업

선호도 검사 및 해석, 이미지 메이킹, 면접스킬 익히기,

이력서 및 자기소개서 작성, 알아두면 유익한 노동법 등

아, 이거였어요. 어떤 일을 하고 싶은지 어떤 일을 잘 할 수 있을지 모르겠지만, 사회로 발을 내디디고 싶은 나 같은 사람에게 딱 맞는 프로그램. 다음 날 아침이

되자마자 해당 번호로 전화를 했어요.

"무엇을 도와드릴까요."

"안녕하세요. 여성 새로 일하기 프로그램 보고 전화
드렸습니다."

"네. 반갑습니다. 선생님 나이와 자녀 나이가 어떻
게 되세요?"

"저는 마흔하나이고요. 아이들은 아홉 살, 여섯 살
입니다."

"그렇군요. 자녀들이 아직 신경을 써야 하는 나이대
긴 하지만, 손이 많이 가는 시기는 지났네요. 이 프로그
램은 집단 상담을 통해 본인의 흥미와 성향을 알아봅니
다. 진로 설계를 할 수 있도록 방향을 잡는 데 도움을 드
리는 프로그램이라고 보시면 됩니다."

"네, 그럼 과정을 수료하고 난 뒤에는 어떻게 되나
요?"

"탐색 후에 분야가 정해지면 직업교육훈련을 추천
해 드릴 수 있어요. 고용센터를 통해 내일배움카드를 발
급해 교육을 들을 수 있게 도움을 드리기도 하고요. 어

쨌든 최종목표는 우리 여성들의 취업입니다."

최종 목표는 우리 여성들의 취업입니다... 상담자
의 차분한 목소리에 마음이 편하고 든든했는데, 마지막
이 말은 특별히 마음에 와닿았어요.

"보통 참여하시는 분들 연령대가 어떻게 되나요?"
"선생님께서는 상당히 젊은 축에 속하시고요. 보통
50대가 가장 많아요. 그 나이대에 진입이 쉬운 곳은 요
양보호사, 호텔 룸메이드 등이고, 참여하시는 분들께도
그쪽으로 추천해 드리고 있습니다."

생각보다 연령대가 있어서 놀랐어요. 제가 여기 들
어가도 될지 망설여지기도 했거든요.

"선생님께 더 맞는 프로그램은 '경단녀 인턴제도'가
있습니다. 경력단절 여성을 채용하도록 권하고 채용한
기업에 임금을 지원하는 제도에요. 취업자에게도 장려
금을 지급합니다. 아직 젊으시니까 그런 제도를 이용할

수 있으시겠네요."

"네... 혹시 취업률은 어떻게 되나요?"

"40~50% 됩니다. 당해년도 집계를 기준으로 내는데, 이게 취업 준비 프로그램이다 보니 준비한 다음 해에 일자리를 구하시는 경우가 많아요. 그래서 실질적인 취업률은 더 높다고 보시면 됩니다."

"그렇군요."

"선생님, 그렇다면 우선 다음 주에 있는 기본과정에 먼저 참여해 보시는 것이 어떠세요?"

"네. 조금 더 고민해보고 다시 연락드리겠습니다. 자세히 말씀해주셔서 감사합니다."

"네. 그러시죠."

좋은 프로그램인 건 알겠는데 망설여지더라고요. 상담해주신 두 분에게서 공통으로 들은 질문이, 현재 제 나이와 자녀 나이였어요. 그 두 요건이 취업을 준비하는 데 있어서 얼마나 중요한지 말해주는 대목이겠죠? 자녀 나이는 더욱이요. 마흔 초반이 젊은 편이고 보통 50대가 주축이라고 한다면, 30~40대 경력단절 여성들은 구직

활동이 활발하지 않다고 이해했어요. 아직 육아에 얽매여있다고 봐도 좋을 거 같고요. 저는 '여성 새로 일하기' 프로그램에 참여할지에 대해 좀 더 고민을 해보기로 했어요. 그래도 미루던 숙제를 한 것 같아 후련하긴 했어요. 처음 방문했을 땐 무척 막막했는데, 이제 뭐라도 궁금한 부분이 생겼고 또 거기에 대해 친절하고 자세한 설명을 듣게 되었으니까요. 용기를 내 버스를 타고 센터에 다녀온 스스로에게 칭찬하고 싶어요. 방문하길 잘했다는 생각이 듭니다.

그 많던 직장대디는 어디 갔을까

"영국 드라마 〈더 크라운〉에서 엘리자베스 2세가 일과를 시작하기 전 시종의 도움을 받아 단장하는 장면이 인상 깊었습니다. 침대에서 나와 화장을 마무리하고 정장을 차려입고 진주 목걸이를 채우고 거울을 응시합니다. 그 날의 군주됨이 시작되는 순간이죠. 저의 엄마됨의 순간이 떠올랐거든요."

넷플릭스의 영국 드라마 〈더 크라운〉은 엘리자베스 2세를 중심으로 한 영국왕실의 이야기를 실화 바탕으로 그려내고 있다. 엘리자베스 여왕의 큰아버지인 에드워드 8세가 10개월 만에 왕위를 포기함으로서 그 동생인 아버지가 왕위를 계승하게 되었다. 왕가의 일원으로 평범한 삶을 기대했던 엘리자베스 2세는 아버지의 즉위로 덩달아 왕위계승 서열 1위에 오르고, 그에 따라 엘리자베스 2세도 군주가 될 준비를 하면서 기다림의 삶을 살게 된다. 아버지 조지 3세가 서거하고 왕위에 오른 엘리자베스 2세는 아내로서, 다섯 자녀의 어머니로서, 한 나라의 군주로서 역할을 해내야 했다. 그는 매사 감정을 배제하고 치우침 없는 자세로 흐트러짐 없는 삶을 살아야 했고, 자연스레 평범한 어머니와 아내의 역할은 허락되지 않았다. 오로지 군주됨에만 치우쳐 있었다. 이 드라마는 엘리자베스 2세의 내면적인 갈등과 남편 필립공의 고충, 찰스 왕자를 비롯한 자녀들의 방황을 사실적으로 보여준다. 군주됨을 위해 어머니됨을 내려놓아야 했던 엘리자베스 2세를 보며 운명의 가혹함과 왕관을 무게를 본다. C는 〈더 크라운〉을 보며, 엄마됨에 치우친 모습을 목격했던 그 날의 모임을 떠올린다.

C는 신발장에서 오래 잠자고 있던 굽 높은 구두를 신었다. 세탁소 비닐도 채 벗기지 않은 트렌치코트를 꺼내 입었고, 오랜만에 하는 화장이 들뜨지 않았는지 거울

앞을 오랫동안 서성거렸다. 다행히 약속장소에 늦지 않게 도착했다. 카페 2층, 테이블 여러 개를 길게 붙여놓고 엄마들이 데면데면 앉아있었다. 반장 엄마가 인원을 체크하더니 말했다.

"직장맘 여덟 분 빠지고 전업맘 열여섯 분 전원 참석하셨네요. 그럼 돌아가면서 자기소개를 합시다. 저는 1학년 3반 반대표를 맡은 준혁이 엄마고 올해 마흔입니다."

마흔 살 준혁이 엄마는 자리에 앉으려다가 다시 일어나 말했다.

"참, 다들 바쁘시고 시간이 없으니 누구누구 엄마, 몇 살, 이렇게 오른쪽부터 돌아가면서 소개합시다."

C는 말문이 막혔다. 이름을 기억하지 못할지언정 내 이름 석 자도 말하지 못하고 내가 어떤 사람인지 간략하게 소개할 기회도 없이 그저 몇 살, 누구의 엄마로

서만 존재해야 하는 걸까. 당황하던 차에 순서가 되자 C
는 자기도 모르게 떠밀리듯 다른 사람과 똑같이 머리를
한 번 살짝 숙이며 '김민재 엄마, 서른여덟입니다' 하고
자리에 앉았다. 이 자리를 통해 엄마인 상태가 자신의
전부라고 낙인찍힌 기분이었다. 그렇다면 나이는 왜 말
해야 하는가. 나이로 위계를 가늠하기 위해? 소개가 끝
난 후 반장 엄마가 다시 자리에서 일어났다.

"1학년 3반 단체 카톡방을 만들어 소식과 의견을 공
유할 예정입니다. 카톡명을 '누구누구 맘'으로 변경해주
세요."

C는 카톡 프로필에 한 번도 아이의 사진을 올리거
나 누구누구의 엄마라고 기재해 본 적이 없었고 앞으로
할 생각이 없었다. 카톡이 1학년 3반 단체 소통용으로만
쓰이지 않는데 나를 누구누구 엄마로 박제해야 한다니,
일종의 모멸감이 들었다. 반장 엄마의 발언은 이어졌다.

"우리 아이들의 생애 첫 학교생활에 좋은 추억을 많

이 만들어주기 위해 달마다 생일파티를 열까 합니다. 즐겁게 놀 수 있고 선물 뜯어보는 재미도 있지 않겠어요. 반대하시는 분은 지금 손을 들어 주세요. 직장맘들은 제가 따로 전달하겠습니다."

C는 절로 한숨이 나왔다. 전혀 동의할 수 없었지만 다들 눈치만 보고 있는 가운데 당당히 반대한다고 말할 수 없었다. 모두 생일파티에 가는데 내 아이만 빠진다고 생각하니 아이를 설득할 자신도, 혼자된 아이를 보고 있을 자신도 없었다. 무력하게 수긍을 할 수밖에. 반장 엄마가 다시 말했다.

"모두 찬성하시니 올 한 해 행복한 생일파티가 원활하게 진행되기를 바랍니다. 파티 준비는 우리 전업맘들이 좋게좋게 희생합시다. 우리 아이들을 위한 일이니까요."

그렇게 회의는 마무리되었고, 친목을 위한 담소 시간이 이어졌다. 가까이 앉은 엄마들끼리 주로 먼저 오가는 대화는 자녀가 첫째인지 둘째인지에 대한 질문과 대답이었다. 그 이후로 어떤 학원을 보내는지, 무엇을 가르치고 있는지가 대화의 중심주제였다. C는 어느 대화에도 잘 끼지 못하고 커피잔을 만지작거리며 가끔 어색한 미소를 지어 보일 뿐이었다.

그 날 저녁, C는 1학년 3반 단체 카톡방에 초대되었다. 서로 인사말과 이모티콘을 남기느라 알림이 연이어 울렸다. C는 머리가 지끈거려 전화기를 멀리 던져두었다. 한참이 지나 휴대폰을 확인했더니, 공개적으로 저격당하는 기분이 들었다. 준혁이 엄마, 마흔 살, 반장 엄마의 카톡이었다.

〈민재 엄마! 카톡명 변경해주세요.〉
〈제발. 소통을 위해 협조해주세요.〉

반장엄마가 C를 지목했고 카톡명 변경을 재촉했다. C는 설정에 들어가 이름 세 글자를 지우고 '민재맘'이라고 썼다가 지웠다. C는 전화기를 한참 들여다보다가 하릴없이 거실을 뱅글뱅글 맴돌았다. 다시 전화기를 집어들고 카톡 설정에 들어갔다. 자신의 이름 뒤에 괄호를 붙여 반장 엄마가 원하는 이름을 써넣었다. 타협하지 않고 어찌할 도리가 있겠는가. 최소영 (민재맘).

　C는 실감했다. 초등학교 1학년을 둔 학부모의 세계에서 내 이름 석 자는 존재하지 않는다. 누구누구의 맘으로 존재하며, 직장맘과 전업맘으로 나누어질 뿐이다. 이 불편한 자리에 끌려 나오듯 앉아 마음의 짐을 지고 가면 전업맘, 이 자리에 참석하지 못하여 죄스럽고 불편한 마음으로 모임의 결과를 통보받으면 직장맘이다. 더 나아가 긴장감이 역력하면 첫째 맘, 다소 여유 있게 앉아 있으면 경험 많은 둘째 혹은 셋째 맘으로 나뉠 뿐이다. 이것이 정말 우리 아이들을 위한 일일까? C는 엄마 된 사람을 엄마로서만, 전업맘과 직장맘으로만 규정하는 행위를 받아들이기 힘들었다. 아이를 사랑하고 아이에게 최선을 다하지만 자신은 다양한 정체성을 가진 인간이었다. 엄마는 자신의 전체가 될 수 없다. 그리고 C의 머릿속에는 한 가지 의문이 떠올랐다. 그 많던 직장빠, 직장대디는 어디 갔을까? 전업빠, 전업대디는 왜 안 되는가.

2. 완성되지 못한
이력서

선택적 경력단절

H는 아파트 평면을 설계하는 디자이너로 10년간 일했다. 그리고 첫 출산과 휴가, 복직, 다시 퇴직, 전업주부, 우여곡절 많았던 긴 공백에도 불구하고 재취업에 성공했다. 경력단절 여성을 위한 정책이 많이 나왔던 시기였다. 그러나 비정규직 2년 자리는 둘째 출산과 함께 다시 끝을 보았다. 그 이후로 쭉 전업주부로 살고 있다. 이전 회사에서 다시 나오라는 연락을 종종 받지만, 그 제안을 거절한 H는 말하자면 자발적 경력단절의 상태다.

"출산한 산모들 사이에 가장 흔한 농담이 뭔 줄 아세요? 젖몸살을 겪느니 산고를 한 번 더 치르겠다는 겁니다. 수유할 때 종종 찾아오는 젖몸살은 그 정도로 극심한 고통을 동반합니다. 그런데 그 길을 제 발로 걸어 들어갔어요. 잔 다르크가 따로 없었죠. 장렬했어요."

H는 회사 입사 10년 차에 첫째를 출산했다. 3개월 출산휴가를 쓰고 복귀할 계획이었지만 미숙아로 태어난 아기는 성장이 더딘 상태였다. 그런 아기를 두고 복귀할 수가 없어 육아휴직 3개월을 추가로 신청했다. 아이가 6개월일 때 조선족 입주 이모님을 고용하고 일터로 돌아왔다. 아기의 먹는 양이 폭발적으로 늘어나는 시기에 발맞추어 젖의 분비량 또한 가장 활발한 때였다. H는 업무 중에도 세 시간에 한 번씩 화장실에서 가슴을 풀고 유축을 했다. 하루에 몇 개씩 나오는 모유팩은 회사 냉장고에 보관해 두었다가 퇴근길에 집으로 가져가 데워서 아기에게 먹였다.

처절하고 외로웠던 화장실에서의 유축 2주 만에 사내 유축을 중단하기로 했다. 체력적으로 한계가 왔고 업무에 상당한 브레이크가 걸렸기 때문이었다. 다만 선불리 단유를 결정할 수는 없었다. H는 몸이 약한 아기에게 분유보다 모유를 먹이고 싶었다. 그래서 선택한 방법이, 회사에서는 버티고 퇴근 후 집에서 유축하는 방식이었다. 활발하게 생산되는 모유가 배출되지 않자 가슴이 벌겋게 달아올랐고 극심한 통증에 시달렸다. 자기 혹사였다. 약을 통해 젖을 끊고 분유를 먹이는 방법은 당시 H에겐 없는 선택지였다. H는 합리적인 판단을 할 수 없었던 시기였다고 회상했다. 퇴근하면 다시 강행군이 시작되었다. 아기에게 수유를 하고, 내일 치 이유식을 만들고, 아기를 재우고 나면 다시 책상에 앉아 석사 마지막 학기의 논문을 다듬어야 했다. 언젠가 끝이 나겠지, 이 시기가 지나면 점차 안정적으로 일에만 매진할 수 있겠지, 스스로를 달래며 초인적인 힘으로 버텼다. 그런데 아기가 태어나고 1년 정도 지났을 때쯤, 베이비시터와 아기 사이에 이상한 점을 발견하게 되면서 H는 전환점을 맞이해야만 했다.

"머리를 한 대 얻어맞은 느낌이었어요. 아, 육아에는 시기가 있구나, 회사 업무 보듯 내가 제어할 수 없는 부분이 있구나, 아기와 교감을 해줘야 하는 거구나, 불현듯 느꼈어요. 그 교감의 영역이 제가 고용한 베이비시터와는 원활하지 않다는 것을 알게 된 이후, 곧장 퇴직을 결심했어요. 만 3년까지는 내 손으로 직접 키우겠다고 다짐했어요. 그러고 제자리로 돌아갈 생각이었습니다."

H는 언제든 돌아오라고 하는 회사에 사표를 쓰고 나왔다. 확신에 찬 퇴직이었지만 그녀는 당장 다음날부터 알게 되었다. 아이와 하루를 온전히 보낸다는 것이 얼마나 무서운 일인지를. H는 자신이 산산이 부서지는 것 같았다. 대학교 졸업 이후 곧바로 취업해 일에만 매진해 온 사람. 주말에도 회사 산악회에서 시간을 보내던 사람. 상사를 실망시키는 일이 없던 사람. 일을 평가하고 나무라기보다 가르침을 주는 상사로 늘 아래로부터 존경받았던 사람. 언제나 최선을 다하고 성과를 내던 사람. 그런 존재는 하루아침에 사라졌고, 설계도면 대신 매일 이유식, 기저귀, 쓰레기봉투를 붙잡고 씨름해야 했다. 또한 활동반경이 넓어진 아이에게서 잠시도 눈을 뗄

수 없는 순간 속에 상실감을 감당해야만 했다.

아이가 만 세 살이 되었을 때, 회사에서는 계속해서 연락이 왔지만 복직은 엄두도 내지 못했다. 그즈음 아이는 수시로 고열에 시달렸고, 해열제로 열이 잡히지 않아서 응급실에 달려가는 날이 많았다. 이후 편도 아데노이드 수술을 받고서야 상황이 개선되었다. 여유를 찾고 나니 아이에게 동생을 만들어 주고 싶었다. 아이가 다섯 살 되던 해, 둘째에 대해 계획하던 H는 전 상사에게 연락을 받았다. 복귀하겠다고 했지만 다시 일터로 돌아오지 못한 그를 안타까워하던 분이었다. 전 상사는 출산육아기 고용안정지원정책으로 마련된 2년 계약직 재고용 프로그램을 소개했다. 육아하는 여성을 위해 오전 타임과 오후 타임 중 선택근무가 가능하도록 만든 제도였다. H는 곧바로 새로운 회사에 지원했고, 최종면접 자리에 나갔다.

"면접 자리에서 둘째 계획에 대해 솔직하게 이야기했어요. 일에 대한 기회를 놓치고 싶지 않았지만 가족계획도 중요했으니까요. 좋은 소식이 순차적으로 왔습니다. 임신 소식을 확인한 다음 날 합격 통보를 받았어요. 합격 전날 임신 사실을 확인했다고 인사팀에 말했어요. 곤란해하더라고요. 그러면서 임신이 법적으로 결격사유가 될 수 없기에 결과를 뒤집을 수는 없지만, 제 선택의 문제라고 애매하게 표현하더군요. 어떤 선택을 말하는 걸까요? 제가 멘탈이 좀 강한 편이라 사회적인 언어로 포장한 그 정도 폭력이야 가볍게 넘길 수 있었어요. 개의치 않고 바로 출근했지요."

H는 경력과 무관한 부서에 배정되었다. 10년간 실내 평면을 설계하며 1밀리미터도 치밀하게 다루던 H에게 토목부서의 그래픽 작업이 주어졌다. 몇 미터 정도의 오차는 가볍게 다루는 대규모의 작업이었다. 모든 게 어색했지만 H는 일에 적응하려고 노력했고, 그러는 사이 배는 불러왔다. H는 1년짜리 육아 휴직서를 제출했다. 계약 기간 2년 중 육아휴직 기간은 따로 보장받지 못하고, 돌아오면 5개월 남짓 일하게 되는 상황이었다. 하지만 첫아이 때 경험을 떠올리며 갓난아기의 돌봄을 타

인에게 맡길 수는 없다고 결론을 내린 상태였다. 상사는 계약직 파트타임으로 들어와 출산휴가를 1년이나 받는 사람은 전무후무하다고 싸늘하게 쏘아붙였다. 그보다 덜하다고 할 수 없는 것은 주변의 무관심이었다. 그러나 잦은 부서이동과 권고사직으로 모두 제 밥그릇 챙기기에 여념이 없었으므로 그들의 상황도 이해할 수 있었다. 어쨌든 H는 건강하게 출산했고, 일 년간의 휴직이 끝나고 회사에 복귀했다. 예상대로 재계약은 이루어지지 않았다. 2년 계약 중 1년을 근무하고 1년을 육아휴직으로 보낸 이후, H는 다시 완전한 전업주부가 되었다.

"두 번째 퇴사 이후 내면적으로 큰 변화를 겪게 되었어요. 그동안 일하지 않는 자신을 용납할 수 없었는데, 이제 더 이상 일에 매달리며 살기 싫어졌어요. 일과 육아를 병행하는데 아주 질려버렸다고 할까요. 기업에서 버틴다 해도 50살이 되기 전에 퇴사를 하게 되겠죠? 퇴직 후에 대한 준비는 전혀 되어있지 않은 상태로요. 10년간 몸담았던 회사에서는 다시 나오라는 연락이 아직도 와요. 하지만 다시 돌아

갈 수 없을 것 같아요. 할 만큼 했으니까요. 지금은
아이를 키우면서 다양한 분야의 책을 읽고 기록하는
일상을 보내고 있습니다. 이 단절의 시간을 새로운
기회로 삼으려고요."

완성되지 못한 이력서

K는 대학 4학년 때 미래를 함께 그릴 사람을 만났다. 졸업 후 각자 목표했던 기업에 성공적으로 입사했고 결혼을 약속했다. 두 사람은 현재에 머무르지 않았다. 결혼 후 3년간 경력을 쌓은 후 함께 영국으로 유학을 떠나기로 했다. 후에 공부를 마치고 영국에서 자리 잡은 뒤 아기에 관해 생각하기로 했다. 유학자금을 확보하기 위해 결혼식을 검소하게 치르고 신혼살림을 간소하게 마련했다. 일과 영어공부를 병행하기가 만만치 않았지만 목표를 생각하며 함께 견딜 수 있었다. 그러던 어느 날, 경력 2년을 채우기도 전에 계획에 없었던 아기가 찾아왔다. 부부는 기쁨보다는 혼란이 앞섰다.

계획에 전면수정이 필요했다. 머리를 맞대고 고민

한 끝에, 남편이 영국으로 먼저 떠나고 K는 한국에서 출산을 하고 3개월 출산휴가 뒤에 복직하기로 했다. K는 일을 계속하면서 남편의 학비를 대고, 남편이 취업할 즈음 아기를 데리고 영국으로 뒤따라가기로 한 것이다. 남편이 영국에서 취업을 하면 아이는 보육시설에 갈 수 있을 것이고, 그 시점에 K는 다시 공부를 시작하겠다는 계획이었다. 출산과 육아를 생각해야 했고, 생활비와 학비를 고려했을 때 순차적으로 입학하는 게 더 나은 선택이라 확신했다. 하지만 계획은 빗나갔다. 과중한 업무로 야근에 시달리던 남편은 유학 준비를 위한 시간 확보가 절실하여 예상보다 일찍 회사를 그만두게 되었다. K는 조산기가 있어서 출산하기 전에 퇴사를 하게 되었고, 출산과 산후조리를 위해 친정이 있는 부산으로 내려갔다. 아기가 태어나고 얼마 되지 않아 유학 준비를 끝낸 남편은 서울 집을 정리하고 영국으로 떠났다.

친정 부모님은 첫 손주에게 무한한 애정을 쏟아주었다. 예상치 못한 일상이 펼쳐졌지만 아기가 커가는 모습, 부모님이 기뻐하시는 모습에 K도 행복했다. 그러나 비축한 예산은 현저하게 줄어들었다. 아기가 7개월이 되었을 때 K는 친정엄마에게 양해를 구하고 직장을 구했다. 세계적인 패션 브랜드의 매장 관리 업무였는데, 매장 문을 열기 전에 출근해 제품을 디스플레이하고 매장 환경을 점검하는 일이었다. 한참 자고 있는 아기를 두고 출근해야 했는데, 눈을 뜨고 엄마의 부재를 확인한 아기는 곧장 울음을 터트리곤 했다. K는 새벽에 나가 오후 5시경 퇴근했고 6시에 집에 돌아오면 아기를 안아주기에 바빴다. 짬 나는 대로 아기와 함께하려고 노력했지만 불안해하는 아기는 밤이 되면 떼를 쓰고 잠을 거부했다.

일과 육아를 병행하기 힘들었던 K만큼이나, 아기도 엄마의 부재를 힘들어했다. 특히 또래와 있을 때, 아이의 불안감은 확연했다. K는 휴가를 내고 몇 군데 유아심리 상담센터를 찾았다. 대부분 '분리불안'이라고 했다. 생후 7개월, 인지가 발달되는 중요한 시기에 엄마와 떨어져서 주 양육자와 부 양육자의 구별이 모호해 아기가 매우 힘들었을 거라는 진단을 받았다. 상담사는 아빠의 부재를 언급하기도 했다. K는 죄책감이 들었다. 이 모든 결과가 자신의 잘못인 것만 같았다. 생활비를 벌기 위해 아이의 중요한 시간을 놓치고 방치했다는 후회가 밀려왔다.

> "상담 결과는 충격 그 자체였습니다. 지금이라면 오히려 담담하게 받아들일 수 있을 것 같아요. 금방 지나가는 일이고 아기도 나도 잘 이겨낼 수 있다고요. 당시 초보 엄마로서 그 모든 상황이 아기에게 치명적인 상처로 남는 게 아닐까 겁이 났습니다."

K는 부산과 영국, 두 집 살림에 큰 보탬이 되었던 일자리를 내려놓을 수밖에 없었다. 사직서를 내고 아침에 눈 떠서 잠들 때까지 아기와 함께 있으니, 아기의 불안감이 현저하게 줄었고 친정엄마도 편안해졌다. 생활이 빠듯해졌지만 행복했다. 아이가 세 살이 되고 남편의 졸업이 다가오는 시점, K는 아이와 함께 영국에 건너가기로 결심했다. K가 공부할 현지의 학교를 알아보고 남편의 취업 준비를 도울 겸 해서 몇 개월 서두르게 된 것이다. 그렇게 K는 아이와 단둘이 꼬박 11시간을 비행해서 영국에 도착했다.

"꿈에 그리던 영국 땅을 밟았을 때 눈물이 핑 돌더라고요. 도착한 곳은 부엌과 화장실을 공유하는 쉐어하우스였어요. 그 안에 방 한 칸이 우리 가족의 공간이었죠. 아이를 키우기에 불가능한 환경이었습니다. 런던의 집세는 세계적으로 악명 높았지만, 셋이 살 수 있는 집을 구하는 것이 급선무였습니다. 처음부터 우리가 계획한 예산은 턱없이 부족했죠. 결국엔 제 공부를 조금 미뤄야겠다는 생각이 들었어요."

때마침 영국의 EU 탈퇴에 대한 찬반여론으로 온 나라가 떠들썩했다. 민감한 상황 속에서 영국 내 취업 시장은 이민자들에게 냉담했다. 남편의 구직은 수도 없이 쓴맛을 보았다. 그러던 중 한 중견기업에서 합격 소식을 듣게 되었다. 이국인으로서는 유례없는 성공적인 취업이라 할 수 있었다.

"취업에 성공한 남편이 자랑스러웠지만, 저는 마냥 웃을 수만은 없었어요. 남편의 회사는 런던에서 4시간 떨어진 뉴캐슬에 위치했기에 가족 모두 이사를 해야 했어요. 제가 희망하던 학교는 모두 런던에 있어서 사실상 제 공부는 미루는 것이 아니라 완전히 내려놓아야 할 상황이었습니다. 하지만 남편의 취업으로 가장 중요한 비자 문제가 해결되었어요. 학생 비자가 종료되면 취업비자가 있어야 가족 모두 영국 내 체류할 수 있었기 때문이죠."

그렇게 새로운 도시에 둥지를 틀었고, K는 결혼 후 처음으로 여유를 만끽할 수 있었다. 남편의 월급으로 생활이 안정되었고, 야근과 과로가 없는 여유로운 영국의 근무 환경을 간접적으로나마 경험할 수 있었다. 남편은 늦은 오후에 퇴근이 가능해 가족이 함께 저녁 식사를 할 수 있었고, 수시로 휴가를 낼 수 있어서 가까운 유럽 등지에 쉽게 여행 즐겼다. 도처에 공원이 많았고, 광활한 자연을 누릴 수 있다는 것도 큰 장점이었다. 아이는 무럭무럭 자라서 공립학교의 유치원 과정에 입학했고, 가족의 무난한 영국 생활이 이어졌다.

"무엇과도 바꿀 수 없는 아이를 얻었고, 영국 지방

도시의 여유를 누려봤다고 할 수 있겠죠. 하지만 문득문득 한국에 두고 온 대기업 사원증, 시작도 못한 공부와 완성되지 못한 제 이력서를 생각합니다. 계획이라는 녀석은 너무 자주 경로를 이탈했어요. 그것을 수습하면서 10년을 보내고 나니, 이제 나이 마흔을 바라봅니다. 아직 공부와 일에 대한 열정은 식지 않았는데, 오랫동안 세상과 연이 끊어진 제가 무엇을 할 수 있을까요? 완성되지 못한 이력서는 어떻게 채워야 할까요?"

브리저튼 보시나요?

맘님들 아이들 재우고 다들 육퇴하셨나요?

요즘 넷플릭스에 브리저튼이 난리더라고요.

저도 틈틈이 달리다가 이제 끝을 냈는데, 남 얘기 같지 않은 게 고구마 백 개먹은 것 마냥 가슴이 답답해지네요. 오늘은 혼자 주저리주저리 떠들지 않으면 잠이 안 올 것 같아 카페에 들어왔습니다.

귀족 가문의 딸 다프네가 결혼적령기에 들면서 본격적으로 사교장에 나서지요. 결혼 대상자를 고르기 위해, 상대의 눈에 들기 위해 노력하면서 벌어지는 일화들을 통해 가부장제의 모순과 성차별을 잘 보여주는 거 같아요. 오늘날 우리와도 크게 다르지 않은 거 같네요. 다프네는 헤이스팅스 공작과 우여곡절이 많았던 계약연애 끝에 결혼을 하지만, 결혼에 이르기까지 '순수함'을 이유로 성에 관한 지식을 어디서도 제공받지 못했죠. 남성들은 그들끼리 자유연애담을 나누고 신분을 거스르는 비밀연애를 즐기는데, 그 모습들과 상반됩니다. 다프네는 아이를 많이 낳으며 다복한 가정을 꾸리기를 바라지만, 어릴 때부터 아버지로부터 받은 마음의 상처 때문에 대를 잇지 않음으로 복수를 하겠다는 공작은 결혼은 유지하되 아이를 원하지는 않죠. 공작의 일방적인 피임행위가 무엇을 뜻하는지 전혀 몰랐던 다프네는 뒤늦게 그 의미를 알게 되고 극심한 배신감을 느끼게 됩니다. 그로 인해 부부 사이는 위기를 맞게 되는데요. 저는 이 대목에서 다프네의 무지가 남 일 같지 않았어요. 저의 결혼 생활을 오버랩시키며 혼자 분노하고 격공했어요. 맘님 들은 저 같은 경험 없으신가요?

저는 결혼 전에 신문사에서 6년간 일했어요. 자라 는 내내 공부에 매진하고 취업에 최선을 다했고 입사 이 후에는 제 능력을 최대치로 이끌어내기 위해 노력했어 요. 결혼 전까지의 제 삶에선 성취가 가장 중요한 이슈 였습니다. 스무 살 이후 얻은 자취방은 자연스레 잠만 자는 공간이 되었어요. 공부하고 일하고 돌아와 뻗는 공 간일 뿐이었죠. 겨우 한 몸 누일 단칸방에 가사라고 할 만한 것도 없었고, 끼니를 거르거나 내키는 대로 배달음 식을 시켜 먹으면 그만이었죠. 그런데 이 당연한 생활은 결혼으로 흔들렸어요. 저는 여느 여자 선배들처럼 결혼 과 동시에 퇴사했습니다. 여자는 결혼하면 퇴사한다는 게 회사 내 자연스러운 분위기였죠,

내 몸 하나 겨우 책임지며 살았던 저에게 온종일 마 주해야 했던 살림의 무게는 엄청난 것이었어요. 그 뒤 에 연이어 겪은 출산은 결혼과는 비교도 할 수 없을 만

큼 저를 혼란에 빠뜨렸어요. 그렇게 살림과 육아에 정신 없는 나날을 보냈습니다. 꼼꼼하고 부지런한 남편의 성격은 가사와 육아에 그리 도움이 되지 못했어요. 회사에 늦게까지 남아 일하고 진이 빠진 채 집에 돌아오곤 했죠. 그의 도움은 고작해야 주말에 잠깐 발휘되는 정도였어요. 어릴 때부터 여성의 경력과 커리어에 대한 강조는 익히 들어왔는데, 결혼 생활과 육아의 고충, 대처 방법에 대해서는 들어본 적이 없었어요. 이 느낌 어딘가 익숙하죠? 브리저튼 다프네의 무지가 멀게 느껴지지 않은 이유에요.

청소년들, 대학생들이 커리어에만 신경 쓸 게 아니라 결혼과 출산, 육아에 대한 세세한 부분을 잘 알아야 한다고 생각해요. 왜냐하면 그토록 지키려고 애썼던 자신의 커리어와 직접적으로 연결되어 있기 때문이죠. 그것이 닥치고 나서야 알게 되었을 때 느끼는 혼란과 배신감을 제가 겪어봤기 때문이에요. 그런 의미에서 채널만 돌리면 나오는 육아 예능도 문제가 있다고 봐요. 결혼생활과 육아를 미화해 놓았다는 생각이 들거든요. 현실적으로 부딪히는 여성의 경력단절문제, 관계의 단절, 경제적인 문제는 드러나지 않고 결혼과 육아가 그저 예쁘고 사랑스럽고 행복하게만 비치거든요. 한참 공부하며 취업에 매진하는 후배들이 결혼과 육아에 대해 왜곡된 생각을 가지지는 않을까 우려스러워요. 모성에 대한 지나친 기대와 이상을 심어주는 게 아닐까 걱정도 됩니다. 또 엄마, 아빠, 자녀로 구성된 이 정상 가정의 프레임이 누군가에겐 상처가 되지 않을까 조심스럽게 생각해보기도 해요. 아름다운 모습만큼 현실의 아픈 면면들이 반드시 이야기되어야 한다고 봐요.

아아, 브리저튼에서 시작해 제 이야기까지, 밤중에 말이 너무 길어졌네요. 그래도 여기 카페에 막 털어놓으니 조금은 후련해지네요. 맘님들 좋은 밤 보내시고 내일도 우리 육아 파이팅해요. 굿밤 되세요.

댓글(6)

ㄴ 잼잼 : 저도 격공합니다ㅜㅜㅜㅜ

ㄴ 주누맘 : 남주가 멋있다고만 생각했는데 이런 걸 깨달으셨네요. 훌륭하십니다. 잘 읽었습니다.

└ 아모르 : 마자요ㅠㅠ 결혼생활에 대해 무지했던 제가 미워요.

└ 까꿍이 : 글 잘 읽었어요. 공감해요.

└ 미키맘 : 토닥토닥... 우리 힘내요.

└ 빛나는 하루 : 저도요. 여동생이 있다면 꼭 자세히 알려주고
싶어요.

가만히 선언한다

　　　　나른하게 늘어진 밤, 카톡 알림이 자정의 고요
를 흔들었다. '사랑하는 딸아'로 비장하게 시작하는 장문
의 메시지에 가슴이 철렁한다. 글의 전개는 불 보듯 뻔
하다. 오늘 낮에 다녀간 친정엄마가 아이에게 버럭 화를
내던 A를 향해 쏟아낼 잔소리가 많으실 거다. 전업주부
10년 차인 A는 평생을 시장에서 건어물 장사를 해온 엄
마 밑에 자랐다. 엄마는 당신의 딸이 공부한 것을 다 써
먹지 못해 안타깝다 하시면서도 아이들 돌보는 모습이
보기 좋다고 했다. 자신이 자식에게 다 주지 못한 사랑
을 손주들이 제 엄마로부터 받는 것이 뿌듯하다고 했다.
그만큼 딸의 육아에 기대가 크다고 했다.

　　엄마의 문자 내용인즉 이랬다. 사랑하는 딸아. 예전

에 먹고사는 문제에 바빠서 어린 너에게 상처를 많이 주
었다. 네게 주었던 상처가 다시 아이들에게 대물림되는
것 같아서 마음이 아프다. 그런데 너는 좋은 아빠이자
다정한 남편이 있고 시댁의 사랑을 받는 며느리다. 또한
너는 많이 배운 사람이다. 무엇보다 네가 일과 가정 사
이에서 이리 뛰고 저리 뛰는 일은 없지 않느냐. 뭐가 문
제길래 아이들에게 그렇게 날카롭게 구는 거니. 네가 아
이들을 누구보다 정성으로 키우는 것 잘 알고 있다. 평
소에 잘하면 뭐 하겠니. 네가 화를 내면 아이들은 상처
를 받는다. 제발 부탁이니 그러지 말아라. 두서없이 내
달린 문장들 속에서 어지러운 엄마의 심정이 고스란히
느껴졌다. A도 가슴이 갑갑하게 죄어와 심호흡을 몰아
쉬어야 했다.

"이 마음이 뭘까요? 단지 엄마에게 죄스럽거나 아이
들에게 미안한 마음만으로 설명이 부족합니다. 그것
들은 아주 일부에 불과했어요. 무언가 부당하고 불
편한 덩어리가 명치끝에 걸린 느낌이랄까. 덕분에
그날 밤 깊은 잠을 이루지 못했습니다."

A의 존재를 온통 헤집어 놓은 것의 실체는 무엇일까. 친정엄마의 말속에서 '바깥일'을 하지 않는 A는 오롯이 육아에 집중할 수 있고, 집중해야 한다는 전제가 있다. 문제 삼을 것 없는 일상에서 편안한 마음으로 사랑과 헌신을 쏟는 자애로운 어머니가 되어야 한다는 기대도 함께한다. A의 억울한 지점은 여기에 있다. 육아에서 사랑과 돌봄에 대한 고됨은 한 치도 고려되고 있지 않는다는 점. 직장생활을 하지 않으면 노동을 하고 있지 않다는 관념. '많이 배워서' 이론으로 무장하면 완전하게 실현되리라는 이상. 사랑과 헌신은 당연히 짊어져야 할 의무라는 인식. 사랑과 돌봄에 대한 평가는 비단 A의 어머니만의 것이 아니다. 우리 모두에게 같은 방식으로 내면화되어 있다.

A는 전업주부로 살다가 최근에 적극적으로 구직활동을 하는 한 친구의 사례를 들었다. 친구는 이렇게 하소연했다. "왜 육아와 가사는 경력란에 쓸 수 없는 거지? 몇 년간 놀고 있었던 게 아닌데. 이 공란은 내가 아무것도 하지 않았다고 말하고 있잖아." 그들은 씁쓸하게 웃고 말았지만 실은 여기서 간과해서 안 되는 뼈아픈 현실

을 마주한다. A는 이 고귀한 무형의 노동이 노동으로 평가받지 못한다는 사실에 부당함을 느꼈다. 엄마와의 일화에서 전업주부의 돌봄에 대해 내면화된 개인의 인식을 엿볼 수 있었다면, 친구의 이야기는 사회구조적으로도 가사와 돌봄이 그 가치를 인정받지 못한다는 점을 적나라하게 보여주고 있었다.

그들의 이야기를 듣고 질문이 꼬리를 물고 이어진다. 노동이란 뭘까. 가시화할 수 있는 생산의 결과에만 노동이라는 이름표를 붙일 수 있을까. 사랑과 돌봄은 노동이 아닌가. 급여가 발생하지 않으니 노동이 될 수 없는가. 육아는 애정을 바탕으로 하는 개인적인 의무에 지나지 않는가. 그 의무는 치우친 성별의 몫인가. 돌봄은 공적 영역에서 배제된 지극히 사적인 영역인가.

"전업주부의 방대한 업무 가운데서도 사랑과 돌봄은 아주 특별하지 않나요? 아이를 기관이나 누군가에게 맡길 수 있지만 내가 사랑하는 만큼, 내가 애틋하게 여기는 만큼 행위를 복제해낼 수 없으니까요. 돌봄과 사랑이 노동으로 인정받기를 원합니다. 전업주부로서의 경력이 자랑스러울 수 있어야 한다고 생각합니다. 이 시간이 이력서의 경력란과 자기소개서를 당당히 채울 수 있어야 한다고 생각합니다. 또한 이 경험이 사회의 적재적소에 사용되기를 바랍니다. 이토록 다면적인 유능을 발휘하는 직업이 또 있을까요?"

여섯 번째 육아

송악산 둘레길을 걷는다. 제주 올레길 전 코스를 마스터하고도 올레길 10코스에 해당하는 이곳을 몇 번이나 더 찾고 있다. 대한민국의 끝 제주에서 최남단까지 내려와, 등 돌리면 맞이하는 섬의 중심부를 바라볼 때 그 기분을 잊지 못해서다. 그동안 제주의 땅을 매일 차곡차곡 걸었다. 오늘도 길을 나섰다. 갑자기 넘실대는 여린 초록이 뿌옇게 흐려진다. 햇살이 부서지는 해면, 회색으로 솟은 한라산, 푸른 하늘이 한데 뒤엉킨다. 일주일 후면 서울로 돌아갈 생각에 걷잡을 수 없는 눈물이 흐르고 있다. 걸음마다 흙을 적시며 계속해서 걸었다. 내가 해야만 하는 일. 나 아니면 할 수 없는 일. 그 일의 마지막 순서 앞에서 마음은 왜 달아나고 있는지 모를 일이다. 하필 가장 좋아하는 길을 걸을 때 참아왔던 눈물이 쏟아지는지 알 수 없는 일이다.

직장생활 13년 차이며 두 아이의 엄마가 된 딸아이는 첫 손주의 초등학교 입학을 앞두고 휴직계를 냈다. 그러고는 두 아이를 데리고 1년간 제주살이를 하겠다고 선언했다. 사위는 서울에서 직장생활을 하면서 주말마다 제주도로 내려갈 거라 했다. 딸 내외의 파격적인 결정에 걱정이 앞섰지만, 손주는 제주의 초등학교에 입학해서 잘 다니고 있었고 둘째도 새로운 어린이집에 잘 적응하고 있다고 했다. 사위가 합류한 주말마다 딸의 가족은 제주의 자연을 구석구석 누빈다고 했다. 딸아이는 퇴직한 제 아빠에게 엄마와 제주에 와서 몇 달이고 쉬다가라고 권했지만, D는 오래 갈등했다. 작년에 둘째를 낳은 며느리의 산바라지를 끝낸 지 얼마 되지 않았고, 며느리가 복직한 후 막내 손주가 적응할 때까지는 봐주겠다 한 자기와의 약속 때문이다. 자신이 망설이자 딸과 아들 며느리까지 이참에 제주로 내려가서 쉬고 오시라고 적극 권유했고, 결국 D는 못 이기는 척 내려왔다. 그 길로 제주를 누비고 다닌 지 두 달째. 이젠 정말 돌아가야 할 때다. 며느리의 복직이 얼마 남지 않아, 엄마와 떨어져 기관에 다니게 될 막내 손주를 보러 돌아가야 할 때다.

10년 전 딸아이는 결혼 후 곧장 첫 아이를 얻었다. 딸아이는 1년간 육아휴직을 내고 아기와 함께 양평의 친정집에 들어와 살았다. 손주가 돌을 맞이할 때쯤, 딸은 직장에 복귀하면서 아기를 두고 서울로 돌아갔다. 혼자 하는 세 번째 육아는 즐겁고도 고되었다. D는 아장아장 걷는 작은 녀석을 데리고 성당에 나가고, 시장에 나가고, 부부 모임에도 나갔다. 딸 부부는 주말마다 아이를 보러왔다. 때로는 손님처럼 왔다 가는 딸 내외가 원망스럽기도 했다. 육아란 그런 것이었다. 기쁨과 고됨이 묘하게 공존하는 것. 그런 면에서 40여 년 전 D가 자식을 키울 때와 달라진 게 없었다. 손주는 두 살이 될 때쯤 딸아이가 다니는 회사의 사내 어린이집에 입소하게 되면서 서울로 올라갔다. 몸이 홀가분했지만 그 빈자리는 이루 말할 수 없이 컸다.

딸은 곧 둘째를 낳았다. D는 다시 딸아이의 산바라

지를 했고 둘째 손주를 키우며 자연스레 네 번째 육아가 시작되었다. 둘째 손주의 어린이집 입소는 첫째보다 빨랐다. 그렇게 둘째 손주도 서울로 보냈다. 그리고 결혼한 아들이 첫 아이를 낳았다. D는 마찬가지로 며느리의 산바라지를 했고, 그렇게 다섯 번째 육아가 시작되었다. 딸에게 하듯이 며느리의 회복에 최선을 다했다. 앞선 두 손주에게 했듯 세 번째 손주도 열과 성을 다해 돌보았다. 며느리는 회사로 복귀했고 D의 휴식이 다 끝나기도 전에 며느리는 둘째를 낳았다. 다시 그녀는 산바라지와 여섯 번째 육아에 매진했다. 며느리의 1년 휴직이 끝나고 복귀하는 시점, 그 마지막 임무를 앞두고 D는 제주도에 내려오게 된 것이다.

61년생 D는 40여 년 전에 제왕절개로 두 아이를 낳았다. 첫아이를 낳은 자리가 채 아물기도 전에 둘째를 낳았고, D는 돌이 갓 넘은 첫째를 시증조 할머니에게 맡겨놓고 시어머니께 산바라지를 받았다. 시증조 할머니는 아이의 성화를 이기지 못했는지, D가 해산한 지 이틀 만에 아이를 데려다 놓았다. 돌아 나가며 했던 얘기는 아직도 D의 가슴에 큰 상처로 남아있다. "애미야, 네 자식은 네가 돌보는 거다." 친정엄마도 먼 지방에 계셨고 도움 받을 데가 없었기에, D는 두 아이 끌어안고 서러움에 울었다고 했다. 자신의 두 아이가 결혼해서 가정을 꾸릴 때까지 그 서러움을 잊지 못한 D는 굳게 마음먹었다. 딸이든 며느리든 산바라지는 자기 손으로 정성껏 하고, 그들이 복직해서 적응할 때까지 손주들을 돌보겠다고.

그렇게 마지막 여섯 번째 육아의 완성을 앞두고 D는 제주의 들과 바다를 걷는다. 바다와 들판과 산의 기운을 쓸어 담고 D에게 와 닿는 제주의 바람은 많은 것을 생각하게 한다. 자식과 손주가 예쁘고 귀한 것과는 별개로 어머니라는 굴레에 대하여, 때로는 족쇄같이 느껴지는 육아라는 것에 대하여. D가 자랄 때와 다르게 이 시대의 딸들은 아들과 다름없이 귀하게 자랐다. 제 능력과 집안 능력이 닿는 데까지 공부를 했다. 기를 쓰고 좋은 직장에 취직했고 사랑하는 이와 가정도 이루었다. 문제는 여기서 부터다. 육아와 일 사이에서 허우적대는 것은 딸과 며느리였다. 사위와 아들에게 원망을 돌릴 수 없지만, 이상하리만치 갈팡질팡하는 것은 오직 딸과 며느리다. 그 사실이 D가 두 팔 걷어붙이고 여섯 번째 육아까지 오게 했는지도 모른다. 40여 년 전 출산 후에 맺힌 서러움보다 지금의 안타까움이 더 큰 것인지도 모른다.

손주 넷을 키우고 나니 근 10년의 세월이 흘렀다. 여섯 번의 육아를 치르는 동안 손목이며 무릎, 허리, 어디 하나 성한 곳이 없다. 첫 손주 때 무리해서 들고 업고 했던 것이 두 번째부터 힘에 부치기 시작하더니 세 번째 손주부터 불가능하겠다 싶었다. 그 와중에 퇴직한 남편이 D를 대신해 손주를 들고 업으며 어느덧 육아에 깊이 발을 담그고 있었다. 누군가가 사회생활을 하고 직장을 유지하기 위해 다른 누군가는 그 자리를 지켜야만 하는 이 육아의 굴레에 대해 돌아보지 않을 수 없다. 마음만큼 가닿지 못하는 녹슬어버린 신체에 대해 생각하지 않을 수 없다. 이 대자연 앞에 그저 땅을 밟고 바람을 맞으며 서서히 늙어 가야 마땅한 이 황혼의 생리를 거스르고 있는 것이 아닌가 되돌아보지 않을 수 없다. 그렇게 꼬리를 물고 늘어지는 질문들이 눈물이 되어 제주의 땅을 적시나 보다. 여태 멎지 못하고 걸음걸음 떨구어지고 있다.

아빠됨의 시간

　　한국에 유학을 왔다가 결혼을 하고 엄마가 된 이치카상은 특별한 육아를 경험했다. 오랜 고민과 공부 끝에 병원 출산 대신 조산사 선생님을 모시고 남편과 함께 자연분만을 했다. 산후조리 역시 집에서 남편이 도맡았다. 예술가인 남편은 작업과 대외활동을 중단하고 6개월간 이치카상과 아기 옆을 지켰다. 6개월의 시간은 빠르게 흘렀고 남편은 예정되어 있던 일정을 소화하기 위해 작업실로 돌아가야 했다. 출근하는 남편을 보며 이치카상은 알 수 없는 감정이 휩싸였다.

　　"엄마와 아빠가 온전히 함께 육아를 한다는 게 한국에서나 일본에서나 쉽지 않은 일이라는 것을 잘 알고 있습니다. 그렇지만 결코 쉬운 시간은 아니었어요. 남편이 작업실로 가는 뒷모습을 보면서 느낀 건 부러움이었어요. 그리고 동시에 내 안에 에너지가 고갈되어 가고 있음을 알아차렸죠."

일본 나가사키에서 태어난 이치카상은 어릴 때부터 패션 디자인을 꿈꿨다. 집에서 가까운 대학 중 패션과 가장 관련이 있어 보이는 미술교육학과에 들어가게 되었는데, 그곳에서 만난 예술세계는 아주 매력적으로 다가왔다. 그동안 갈망하던 패션에 비해 경쟁이나 목적이 없는 보다 순수한, 더 높은 단계의 무엇이라 느꼈다. 이치카상은 공부하는 내내 미술에 푹 빠지게 되었고 졸업 후 한국으로 유학을 와서 그림공부를 계속했다.

공부를 마치고 한국과 일본을 오가며 작품 활동을 계속하던 이치키상은 그동안 억눌러왔던 패션에 대한 열정을 발견하게 되었다. 어릴 때부터 엄마가 옷을 만들어 입혀주었던 기억은, 자신의 역사에 있어서 옷이 얼마나 특별한 의미를 가지는지 깨닫게 했다. 그 뒤로 마켓에 나가 팝업으로 빈티지 옷을 판매했다. 예상했던 것보다 반응이 좋았고 그 일은 이치카상에게 즐거움이 되고 영감의 원천이 됨을 알게 되었다. 이치카상은 거기서 멈추지 않았다. 빈티지 숍을 열고 보다 적극적으로 일을 했다. 미술 작업 또한 소속된 그룹의 단체전에 꾸준히 참여하며 열정을 다했다. 그리고 결혼 3년 만에 아기가 찾아왔다. 순조롭게 오름세를 이어가던 사업과 작업은 그때부터 조금씩 중단되었고, 만삭에 가까워지자 완전히 멈추어 버렸다. 단절의 시작이었다.

아기의 존재는 패션과 예술과는 다른 차원의 행복을 가져다주었다. 거기다 남편이 있어 든든했지만 육아는 쉽지 않았다. 생애 처음으로 겪는 노동의 형태였다. 출근과 퇴근이 따로 없고 잠자는 시간까지도 긴장을 놓지 못하는 날들의 연속이었다. 하루하루가 전쟁과도 같았던 육아 중에서도 이치카상은 자신의 소모된 마음을 아기에게 표현하지는 말자고 다짐했다. 아이와 함께 있는 것 외에 모든 일에서 손을 놓았다. 청소, 빨래, 요리조차 하지 않고 아이와 함께 있는 것만으로 하루를 채웠다. 당시로써는 그것이 최선의 선택이었고 남편이 묵묵히 남은 일들을 도맡아 주었기에 가능한 일이었다.

"그전에는 친구들이 산후우울증에 걸렸다 해도 잘 이해하지 못했습니다. 겪어본 뒤에야 정말로 실재하는 것임을 알게 되었어요. 출산과 육아가 주는 고립과 단절은 엄청난 것이었어요."

일본사람에게 한국에서의 육아는 그 자체가 단절이기도 했다. 한국과 일본의 육아 스타일이나 환경은 확연히 다름에도 정보를 주고받을 곳이 없었다. 한국에서 출산 후 가장 많은 정보를 주고받는다는 조리원 동기가 없었고, 포털의 맘카페를 통해 정보를 얻기에도 어려움이 있었다. 특히나 갓난아기를 돌볼 때는 작은 화면으로 한국어를 집중해서 읽기가 힘에 부쳤다. 자연스레 함께 하는 남편에게 많은 의지를 했다. 덕분에 아기와 자신에게 보다 편안하고 부드러운 쪽으로 흐르는 직관적인 육아를 했다고 이치카상은 위안한다.

아기가 돌이 지나고 어린이집에 가게 되면서 샵을 다시 열 수 있었다. 기존에 이루어 놓았던 것들을 버리고 처음부터 다시 구성해야 하는 상황이지만 그럼에도 이 시작을 기쁘고 감사하게 여긴다. 다만 미술 작업을 시작하기에는 시간이 더 필요하다고 느낀다. 예술은 이치카상의 깊은 곳에 머물고 있기 때문이다. 내면 깊은 곳까지 가 닿고 그것을 발현하기에는 아직 이르다고 생각한다. 좀 더 많은 집중의 시간이 필요하기 때문이다. 아이가 자라고 나면 언젠가 적당한 때가 올 것이라고 믿고 있다. 이러한 긍정의 원동력은 일본에 있는 이치카상의 어머니라고 할 수 있다. 전업주부로 계시다가 이치카상이 초등학교에 들어간 후 마트 생선판매 코너에서 아르바이트를 시작했는데, 우수한 매출과 성실성을 인정받아 지금은 생선 파트의 점장으로 일하고 있다. 이치카상은 자신의 어머니가 육아로 경력이 단절되지 않았다면 아주 높은 자리에 오르기에 충분한 능력을 가진 분이라고 생각한다. 어린 이치카상에게 직접 옷을 만들어 입히던 감각과 열정, 자식을 돌보면서 자신의 때를 기다릴 줄 알았던 인내, 때가 되어 자신의 자리를 찾아 나선 용기, 작은 일에도 최선을 다하는 책임감. 어머니의 모든 면면이 이치카상이 가지는 용기의 원천이며 고된 엄마됨의 시간들을 버티게 했다.

"어머니와 함께 저의 또 다른 원동력은 아빠됨의 시간입니다. 아이를 잉태하고 출산하는 게 모체라는 것을 부정할 수 없지만, 다른 누구도 아닌 아빠가 육아에 동참함으로써 아빠가 되어가는 시간, 엄마가 되어가는 시간을 온전히 경험했죠. 우리는 함께 성장하고 있었습니다. 갓 태어난 아기를 엄마와 아빠가 함께 보살피는 일이 특별하게 여겨지기보다 누구나 누릴 수 있게 되기를 바랍니다. 개인의 노력으로 되는 것이 아니기에 그를 위해 다양한 방안이나 충분한 배려가 기반이 되어야겠죠."

나는 워킹맘이다

음악을 선곡하여 고요한 공간을 깨운다. 커피를 내린 후 거실 한쪽에 있는 테이블로 가져온다. 노트북을 펼친다. 깜빡이는 커서는 까맣게 오른쪽으로 아래로 전진한다. 타닥- 타닥- 생각과 마음이 글자가 되어 찍히는 소리가 세포를 일깨운다. 주어진 시간은 오전 9시부터 12시. O는 이 고통스럽고 즐거운 시간을 사랑한다. 그마저도 일주일에 두어 번 주어지는 게 전부다. 마음껏 누려보지 못하기에 더 귀하게 다가오는 걸까. 시간은 내달리듯 흐르고 어느새 12시가 되어 노트북을 닫아서랍에 넣는다. 노트와 필기구를 정리하고 커피잔을 씻어 엎어둔다. 귀가한 아이들의 그림 도구와 장난감으로 채워질 테이블을 비워두어야 하기 때문이다.

2020년 1월에 시작된 코로나로 고대했던 3월의 개학은 오랫동안 기별이 없었다. 이후 등교가 조심스럽게 시작되었지만 아이들은 3일에 한 번꼴로 등교를 했고 금세 여름방학이 왔다. 2학기가 시작되었지만 개학 같지 않은 개학의 상태가 이어지더니 다시 겨울방학이 왔다. 아이들이 학교에 가면 홀로 빈집에서 글을 쓰던 O에게 작업중단의 상태가 지속되고 있다. O는 코로나로 식당 이용을 자제하라는 회사 측의 권고에 발맞추어 매일 아침 남편의 도시락을 싼다. 그리고 아이들의 세 번의 끼니와 두 번의 간식을 챙긴다. 온라인 수업과 숙제를 챙기고 장을 보고 집 청소를 하고 나면 하루의 끝을 만난다. O는 작년에 시작한 겨울방학이 새해가 밝도록 끝나지 않은 것만 같다고 느낀다.

어느 날 지인에게 안부 전화가 왔다. 그는 일 년에 한두 권씩 부지런히 책을 내는 인기 동화작가였고 그의 아내 역시 글을 쓰는 사람이었다. 부부 사이에 아직 아이는 없었다.

"요즘 어떻게 지내?"

"아이들과 부대끼며 온종일 밥하고 지내."

"작업은 어떻게 되고 있어?"

O는 피식 웃고 말았다.

"못하지."

전화기 너머, O를 향한 오랜 인연의 측은함이 느껴
졌다.

"너는 꼭 작업실을 구해야 해."

"작업실은 무슨. 혼자 있을 수만 있다면 거실에 있
는 테이블로도 충분해."

"그런 거로 안 돼. 작업실이 여의치 않으면 네 책상
이라도 마련해야 해. 반드시."

O는 역정을 냈다.

"책상 비슷한 게 있다니까."

"그 책상을 말하는 게 아니잖아. 작가들은 자존감이 떨어지기에 십상이지. 너도 잘 알잖아? 매일 작업하다 보면 내가 누군지 무엇을 하고 있는지 방향을 잃을 때가 많아. 그래서 자기만의 공간에서 끊임없이 스스로 환기해야 하는 거야."

O는 아무런 대꾸도 할 수 없었다. 그의 말이 다 옳았기에.

"너는 워킹맘이잖아. 너만의 공간이 필요해. 최소한 너만의 책상이라도."

O는 머리를 한 대 얻어맞은 것 같았다.

"너는 워킹맘이잖아…"
"너는 워킹맘이잖아…"
"너는 워킹맘이잖아…"

그의 마지막 말이 계속해서 맴돌았다. 그래. 나는 워킹맘이다. 수입도 없고 글을 쓴다고 결과물이 나오지 않지만, 남편과 아이들을 챙기고 집안일을 하는 것 외에 많은 에너지가 글쓰기로 향하고 있다는 사실을 부정할 수 없다. 그동안 스스로를 알아보지 않았구나. 나를 인정하지 않았구나. 그래. 나는, 나는 워킹맘이다.

O는 아이들의 책상과 책장으로 빽빽한 방을 둘러보았다. 과연 여기에 나만의 공간을 마련할 수 있을까. 책장을 낑낑대며 이리 끌고 저리 끌어 구조를 변경해보았다. 세 번의 시도 끝에 창가 자리에 책장을 파티션 삼아 공간을 확보할 수 있었다. 너비 800mm짜리 최소한의 책상을 넣을 수 있도록. 곧장 책상과 의자를 주문했다. 바로 갖춰진다면 좋으련만 배송 기간은 2주라고 했다.

O는 하루에도 몇 번씩 책장 너머 숨은 공간에 들어가서 빈자리를 가만히 바라본다. 이곳이 버지니아 울프가 강조한 '자기만의 방'이 될 수 있을까. 지인이 일러준 작가로서 자존감을 지키는 최소한의 공간이 될 수 있을까. 주어지는 시간은 일주일에 두 번, 고작 하루 세 시간 뿐이라도 절대 잊지 말아야지. 깜빡이는 커서가 전진하

는 시간. 까만 자국들이 타닥타닥 채워지는 시간. 그 괴롭고도 즐거운 시간을 사랑하는 나를. 글을 쓰는 나를. 워킹맘인 나를. 잊지 말아야지.

3. 엄마와
노동자 사이

N과 S

〈N〉

13년 차 가구디자이너 N은 8살과 6살, 두 아이의 엄마다. N은 주말에 모처럼 대학동기 S를 만나고 왔다. 대학 시절 늘 붙어 다녔던 절친이었지만 결혼하고 각자 사느라 바빴기에 경조사를 제외하고 본격적으로 마주 앉은 건 근 2년 만이다. 두 사람은 누가 먼저랄 것 없이 육아의 고충부터 쏟아내기 시작했다. 한참을 이야기하다 S는 한숨을 내쉬며 체념하듯 말했다. "그래도 너는 편한 케이스다. 도와주시는 친정 부모님이 계시는데 뭐가 걱정이야. 네 일만 잘하면 되지." 아이 키우느라 퇴직하고 전업주부가 된 S는 친정 부모님의 헌신 덕분에

네가 일과 육아 모두를 잡을 수 있는 거라며 감사해야 한다고 훈수를 두기까지 했다. 나름의 고충을 헤아리지 않고 편해서 좋겠다는 식의 S의 말에 마음이 상할 뻔했지만 N은 상대의 입장에서 생각해보려 노력했다. 멀리 계시는 양가 부모님, 야근을 일삼는 남편의 근무 환경에 두 아이 키우기 위해 잘하던 일까지 내려놓게 된 S를 이해를 해보려고 했다. 그러나 S의 말은 반은 맞고, 반은 틀렸다.

"친구의 말처럼 마냥 걱정 없이 편안하지만은 않았어요. 부모님의 헌신이 큰 몫을 하고 있다는 것은 인정할 수밖에 없습니다만, 늘 죄송스럽고 눈치가 보이죠. 회사에서도 안간힘을 쓰고 버티는 측면도 있습니다. 사실 부모님 찬스는 아이들이 어릴 때 도움이 되었고요. 일과 가정 사이의 밸런스를 유지하는 직접적인 조건은 친정 부모님보다 남편의 육아 참여도와 아이를 믿고 맡길 수 있는 기관, 이 두 가지라고 말할 수 있어요."

사옥 1층에 사원들의 자녀를 위한 어린이집이 생긴 것은 첫아이가 두 살이 되던 해였다. 여성 사원이 대다수인 회사임에도 10년 전만 해도 출산휴가를 쓰는 사람이 단 한 명도 없었다. 그러다가 촉망받는 선배 한 분이 출산과 육아로 퇴직해야 할 상황에 이르렀고, 그 분은 자신을 붙잡는 회장님께 이의제기를 했다. 아이를 마음 놓고 맡길 데가 없는데 어떻게 일을 지속할 수 있느냐고. 회장님은 선배의 말에 수긍하며 당장 사내 어린이집을 만들도록 지시했다. 그녀의 이의제기로 인해 이후 후배들은 출산 후 아이와 함께 회사로 복귀할 수 있었다.

"한 사람의 용기 있는 발언으로 저를 포함한 많은 여성 사원이 구원받았다고 할 수 있습니다. 그 선배는 아직도 우리에게 전설로 남아 있습니다. 이를 수용하고 실행에 옮긴 회장님에 대한 존경도 빼놓지 않죠."

둘째가 태어날 때쯤 N의 회사에 탄력근무제가 도입되었다. 주당 52시간만 채우면 상황에 따라 늦은 출근도 이른 퇴근도 가능하여 아이를 돌보기가 한결 편안했다. 그쯤에 남편이 다니던 회사도 탄력근무제가 시행되었다. 그로부터 부부는 한 달에 한 번 머리를 맞대고 근무 스케줄을 조정했다. 비로소 부부가 함께 일하고 함께 아이를 키우는 게 가능하게 되었다. 두 아이는 N의 사내 어린이집에서 삼시세끼 양질의 식사를 제공 받으며 등하원을 부모의 출퇴근과 함께했다. 여름방학이나 겨울 방학이 되면 친정 부모님이 아이들을 데려가 돌봐주며 부부만의 휴가를 갖도록 배려해 주기도 했다. 회사는 작년부터 임신한 사원은 하루 6시간만 근무하도록 배려하기 시작했다. 코로나 이후로 임산부는 전면 재택근무로 변경되었다. 일을 하면서도 가정생활을 건강하게 유지할 수 있도록 근무 환경이 좋아지고 있는 게 분명했다. 그러나 부부 중 한쪽만 개선되어서는 균형 잡힌 생활을 이룰 수 없다.

"부부가 함께하는 육아라는 게 얼마나 중요한지 몸소 경험하고 있습니다. 우리 회사에서 저와 같은 처우로 일을 하지만 남편 직장이 육아에 대한 배려가 없어 결국 엄마 혼자 고군분투하는 동료를 많이 보았어요. 일하며 아이를 키우는 직장여성들이 얼마나 많은 짐을 지고 있는지에 대해 생각해 봅니다. 어느 한쪽의 여건 개선만으로 가정생활 만족도를 높일 수 없다는 건 분명합니다."

⟨S⟩

8년 차 전업주부 S는 8살과 5살, 두 아이의 엄마다. 주말에 모처럼 대학동기 N을 만나고 왔다. 대학 시절 늘 붙어 다녔던 절친이었지만 결혼하고 각자 사느라 바빴기에 경조사를 제외하고 본격적으로 마주 앉은 건 근 2년만이다. 두 사람은 누가 먼저랄 것 없이 육아의 고충부터 쏟아내기 시작했다. 한참을 이야기하다가 N은 한숨을 내쉬며 체념하듯 말했다. "그래도 너는 한시름 놓겠다. 첫째가 초등학교 입학할 때 옆에서 다 챙겨줄 수 있어서. 생애 첫 학교생활인데 엄마가 늘 옆에 있으니 걱정이 없겠어." 육아와 직장 사이 뭐 하나 놓치지 않고 똑 부러지게 해내는 N이 전업주부인 자신에게 그런 말을 해서 마음이 상할 뻔했지만, S는 N의 입장에서 이해해보려고 했다. 첫아이를 학교에 보내며, 몸은 직장에 있지만 마음이 얼마나 쓰일지, 근무 환경이 좋다고 해도 곁에서 아이를 챙겨주지 못한다는 죄책감을 알 것 같기도 했다. 그러나 N은 전업주부의 고충은 헤아리지 못한다.

"8년 전, 제가 아이를 직접 키우는 것 외에는 어떤 강구책도 찾을 수 없어서 어쩔 수 없이 퇴사했어요. 남편의 회사는 그때나 지금이나 달라진 게 없어요. 참, 주 52시간 근무제의 덕을 보기는 했습니다. 종전까지 출근이 당연하던 토요일을 가족과 함께 보낼 수 있게 된 점이죠. 아이가 태어난 지 6년 만에 진짜 주말을 누릴 수 있게 된 거죠."

남편의 회사는 재작년부터 주 52시간제를 시행했다. 그 덕에 야근이 한 시간가량 줄고 토요일과 일요일을 주말답게 쉴 수 있다는 점이 달라졌다. 그 제도 이전에 S는 온종일 두 아이를 혼자 돌보아야만 했다. 주말에도 남편을 회사에 보내고 아이 둘과 씨름하는 경우가 많았다. 남편의 여건이 나아졌다고 해도 부부가 동등하게 일하고 동등하게 육아에 참여하는 건 불가능했다. S가 여전히 구직에 나설 수 없었다는 말과 같다. 경제적인 사정도 무시할 수 없다. 가족은 넷으로 불어났는데 수입은 반으로 줄게 되었다. 아이들이 클수록 돈은 더 필요하다는데 S의 구직가능성은 갈수록 줄어드는 게 아닌가. 경제적인 어려움은 현재는 물론 미래에 대한 불안감까지 가져다준다. 8년 동안 경력이 단절된 S는 이제 무엇을 어떻게 해야 할지 막막하기만 하다.

"N과 만나고 돌아온 후 가슴이 답답해 잠을 이룰 수 없었습니다. 부부가 모두 대기업에 다니니 근무 환경이 갈수록 개선되면서 일과 가정을 모두 잡기가 유리해지고 있죠. 대기업에 다니지 않았던 우리 부부는 한 사람이 일을 놓게 되면서 원하지 않는 방향으로 흘러가고 있다는 생각이 들었어요. 이거야말로 빈익빈 부익부가 아닌가요. 대기업과 같은 근무조건은 영세한 사업체에서는 왜 실현될 수 없을까요. 대기업에 들어가지 못한 우리 부부의 잘못인가요. 대학 시절 함께 공부하고, 함께 취직하고, 나란히 결혼을 했어요. 비슷한 삶의 경로를 지나고 있는 것 같지만 실상 우리의 간극은 나날이 벌어지고 있다는 걸 확인했습니다. 어디로 향하는지 모를 원망과 억울함을 어쩌면 좋을까요."

경력 아닌 경력들

"저는 64년생이고 올해 57살입니다. 장애인 활동보조사로 활동한 지가 올해로 7년 차에 들어섰습니다. 그동안 먹고살기 위해 일을 놓은 적이 없는데, 경력이라고 할 만한 것은 장애인 활동보조사 7년이 전부네요."

경력단절 된 시간은 큰아이가 초등학교에 입학할 때까지 고작 8년. 결혼 전부터 지금까지 일을 손에서 놓지 않았지만 이력서에 써넣을 수 있는 항목은 장애인 활동보조사 7년, 한 줄이 전부다. 결혼 전에 작은 회사의 경리로 일을 하다가 결혼을 하면서 전업주부가 되었다. 큰아이를 초등학교에 보내고 살림에 보탬이 되고자 집 앞 뚝

배기집에서 일을 시작했다. 그렇게 시작한 식당일이 시내에 큰 식당, 뷔페 주방, 회사 구내식당까지 이어졌다.

식당 일만 계속하다가 지인의 권유로 화장품 방문판매업에 새롭게 도전했다. 시장을 돌면서 계란 한 판, 시금치 한 단을 사면서 얼굴을 익히고 친분을 쌓았다. 샘플을 발라주고 제품을 소개하면서 조금씩 물건을 팔았다. 그 뒤로 정수기 판매, 어린이전집 판매 등에도 도전했지만 영업 일이라는 게 대체로 쉽지 않았다. 그러다 쇼핑몰 콜센터에서 근무하기도 했다. 옥장판이나 다이어트 식품을 파는 회사였는데 주로 반품요구 또는 항의 전화를 응대하는 일을 했다. 부실한 물건을 만들고 과장광고를 통해 이익을 낸 사람은 따로 있는데, 전화상담원이라는 이유로 온갖 모욕과 협박은 다 받아야만 했다. 결국 오래 버티지 못하고 다시 식당일로 돌아왔다.

그러던 어느 날 지인의 권유로 전라남도 복지관에서 장애인 활동보조사 자격과정을 듣게 되었다. 하루 8시간씩 5일간 교육을 받고 수료증을 받았는데, 수료를 끝내고 일에 바로 뛰어들지 못했다. 장애인을 잘 대할 자신이 없었고 그동안 쭉 해오던 식당 일에 새로운 자리가 있었기 때문이었다. 그러다가 장애인 활동보조사 일을 먼저 경험한 지인이 거듭해서 권하는 바람에 결국 못 이기는 척 장애인복지관 명단에 자신의 이름을 올려놓게 되었다. 얼마 후 시각 장애인의 자택으로 일이 배정되었다. 눈이 보이지 않는 사람의 말동무가 되어주고 외출에 동행하고 살림과 요리를 도왔다. 다음에 만났던 사람은 거동이 불편한 지체장애인이었는데 업고 화장실에 동행해 대소변을 도와주거나 때에 따라 관장을 도와주기도 했다.

그 뒤로 발달장애, 자폐증 등 많은 중증장애인을 만났다. 대부분 첫 만남에서 경계하고 조심스러워하는 것이 일반적이라 그들이 마음을 열 때까지 기다림과 인내가 필요했다. 자칫 우울해지거나 비관적인 생각을 하기 쉬운 그들을 세심하게 살피고 밝은 기운을 북돋기 위해 노력했다. 장애인 활동보조사라는 직업은 온몸을 쓰며 한 사람의 하루를 온전히 돕고 감당해내는 중노동인 동시에 정신노동, 감정노동이기도 했다.

"일이 끝나면 녹초가 될 정도로 힘들지만 아침저녁으로 가벼운 산행을 합니다. 빠른 속도로 앞을 내디디면 머릿속이 가벼워지고 몸도 개운해지거든요. 퇴근하고 장애인분들과 함께 나눌 음식을 만드는 것으로 스트레스를 풀기도 하죠. 제가 만드는 반찬을 좋아하는 모습을 보면 기쁘거든요."

다정하고 밝은 성격, 베풀기를 좋아하는 성정, 한식조리사 자격증으로 겸비된 요리 솜씨까지. 그녀의 모든 것이 이 일에 잘 맞았다. 하지만 하루 9시간씩 주 6일을 일터에서 보내니 체력적으로 고된 것은 어쩔 수 없었다. 문제는 주말에 치러야 하는 잦은 집안 행사였다. 다음 일주일을 살아내는 데 매우 중요한 단 하루의 휴식을 며느리로서의 의무를 위해 보장받지 못하는 일이 종종 발생했다. 어른들과 친지들을 뵙는 일은 좋았지만 그에 따르는 크고 작은 노동은 체력적으로 부담이 되었다.

"제가 남자였다면 주중의 과중한 노동을 이유로 친정행사에 충분히 빠질 수 있었을 것 같아요. 때에 따라서는 말이죠. 그런데 주부이면서 직장생활을 하는 사람에게 이와 같은 배려는 인색한 게 현실입니다. 아내, 엄마, 며느리가 우선이고 일은 그다음으로 여기기를 바라죠. 제가 이 직업을 얼마나 사랑하는지, 얼마나 최선을 다하는지, 얼마나 많은 에너지와 시간을 쓰는지는 그 누구도 헤아리지 않는 것 같습니다. 반대로 남자들은 가장이라는 이유로 남편, 아빠, 아들이기 이전에 사회인, 직장인으로서 존중받습니다. 주부의 바깥일과 노동은 경시되는 경향이 있다고 생각해요."

주부의 노동이 경시되는 것은 가족 안에서의 일만이 아니다. 이력서에 쓰기 모호한 경력 아닌 경력들이 말해준다. '애 키우는 엄마들이나 하는 일', '주부 부업', '아줌마 구함'. 경력을 경력 아닌 것으로 치부하는 표현들이 고스란히 말해주고 있다. 그동안 아이들을 돌볼 수 있도록 집 가까운 곳에서, 사업자금이 들지 않는 한도 내에서, 저녁 시간과 주말을 확보할 수 있는 일에 한하여 겨우 몸담아 왔다. 임금이 적든, 월급을 밀리거나 떼

이든, 주부 아르바이트라는 이유로 기본적인 것도 보장받지 못하는 근무조건 속에서도 묵묵히 최선을 다할 수밖에 없었다. 고된 세월을 버티고 지금도 현장에서 최선을 다해 뛰고 있는 J는 말한다.

"영업 일로 사람을 대하면서 몸소 배웠던 것들, 식당 일을 하면서 익힌 일머리 덕분에 한식 조리사 자격증까지 따기도 했고요. 전화 상담원을 하면서 상처에 담담해지는 법까지 배웠어요. 이 모든 경험이 장애인 활동보조사 일을 하는 데 큰 역할을 하고 있습니다. 지금까지 다양한 일을 하기는 했지만 어떤 경력이 있다고 말하기 애매한 게 사실입니다. 전문직이 아니라서 그렇기도 하고, 무엇보다 엄마로서, 아내로서, 며느리로서 존재하기를 모두가 바랐기 때문이죠. 정말 힘든 순간이 정말 많았지만, 돌이켜보면 하나도 버릴 게 없는 경험이었다고 생각합니다. 경력 아닌 경력들 속에서 제가 얻은 것들입니다."

돌봄노동자

"88 서울올림픽으로 전국이 떠들썩할 시기에 대학에 입학했습니다. 전공은 생물학이었습니다. 학교는 인근 대도시까지 대중교통으로 왕복 4시간이 걸렸어요. 장거리를 매일 통학한다는 게 만만치 않았지만 그 당시엔 그게 당연한 거라 생각하고 열심히 공부했어요. 졸업과 동시에 적당한 일자리를 찾고 있었는데 엄마가 취업에 반대했어요. 평생 미용실을 하면서 4남매 대학 공부까지 다 시키신 엄마인데 당신의 딸만큼은 전업주부가 되기를 원했습니다."

H는 곧바로 선을 봐서 결혼했고 전업주부로 살며 가사와 육아에 최선을 다했다. 두 딸아이를 키우며 자장

면 한 번 시켜주지 않았고 햄버거 한 번 사 먹이지 않았다. 유기농 재료를 사다가 대부분 손수 만들어 먹였다. 아이들이 중학생이 될 때까지 사교육 없이 집에서 직접 공부를 가르쳤다. 그때까지만 해도 H는 직장생활을 조금도 생각해보지 않았다. 자신은 늘 집에 있어야 하는 사람, 집안과 아이들을 돌보는 사람인 줄만 알았다. 둘째 아이는 고등학생이 되자 사춘기를 심하게 겪었다. 서로에게 힘든 시간을 보내던 중 H는 지인을 통해 공동육아어린이집 조리사 자리를 제안 받았다.

"부모들이 뜻을 모아 만든 어린이집이었는데, 유기농 재료로 식단을 관리하고 집밥처럼 정성스럽게 음식을 만들 사람을 찾는다고 했어요. 제가 늘 해오던 일이고 자신 있는 분야이기도 했습니다. 딸아이와 의도적으로 거리를 둘 필요가 있다고 생각하던 차라 더없이 좋은 기회였죠. 바로 일을 하겠다고 했습니다."

그의 첫 사회생활이었다. 아침에 식자재를 사서 출근했고, 아이들이 모두 나들이를 간 조용한 시간대에 재료를 다듬고 요리를 시작했다. 밥솥에 김이 오르는 소리, 국이 끓고 프라이팬에 야채가 볶이는 소리를 배경삼아 생각을 비우고 손과 몸을 움직이는 것이 좋았다. 나들이를 다녀온 아이들이 차례로 부엌에 들러 인사하는 모습, 자신이 차린 밥을 맛있게 먹는 모습에 H는 저절로 배가 불렀다. 잘 먹었다며 깨끗하게 비운 식판을 가져다주는 대여섯 살 꼬마들이 사랑스러웠다. 그렇게 H는 2년 가까이 일을 했다. 계속해서 일을 이어나가고 싶었지만 어린이집이 피치 못 할 사정으로 문을 닫게 되면서 H는 동시에 일자리를 잃게 되었다. 잠깐의 휴식을 가진 뒤 다시 사회로 나가 무엇을 할 수 있을지에 대해 신중하게 생각했다. 해답은 간호조무사였다.

"처음 실습을 나갔던 날을 똑똑히 기억합니다. 요양병원이었어요. 요양병원 특유의 냄새가 있습니다. 늙은 몸 냄새, 배설물 냄새, 음식물 냄새, 소독약 냄새 등이 한데 뒤섞인 무겁고 탁한 공기에 순식간에 짓눌려 버렸어요. 그렇지만 그곳에서 변을 닦아내고, 식사를 돕고, 온몸을 실어 자세를 변경해주는 요양보호

사와 간호조무사를 보았죠. 묵묵히 주어진 일을 해내
는 선배들 앞에서 마냥 당황하고 있을 수만은 없었어
요. 무엇이든 보고 배우겠다고 결심했어요."

H는 간호조무사 시험에 합격한 후 실습했던 병원에
자리를 잡을 수 있었다. 평생을 모범생으로 살며 매 순간
최선을 다하는 H의 성격은 실습처에서도 제대로 인정을
받았다. 실습생 때부터 자신을 눈여겨보던 수간호사가
함께 일하기를 원하며 H를 강력 추천했다고 들었다.

"정식으로 출근한 첫날 치매병동에 배정되었는데
요. 실습 첫날 짓눌렸던 요양병원 특유의 그 냄새가
전혀 안 나는 겁니다. 참 신기한 경험이었어요. 직업
인으로서 마음가짐 때문이었을까요? 치매로 지금은
이곳에 계시지만 치열하게 한 생을 사셨을 어르신들
을 따뜻한 시선으로 바라보게 되었어요."

요양병원 중에서도 치매병동은 인간의 가장 순수한
밑바닥을 보는 곳으로 알려져 있었다. 특히 비 오기 전

날 밤은 진풍경이 벌어졌다. 대부분 기저질환이 있는 데다 미세한 날씨 차이가 어르신들의 컨디션에 크게 작용했다. 새벽이 밝도록 노래를 부르는 분, 엉엉 소리 내어 우는 분, 일어나 같은 자리를 맴도는 분, 잠에서 깨어 신경질을 부리는 분. 때론 괴기스럽고 때론 아이같이 순수했지만 H는 그들을 보필하는 일이 즐겁고 보람되다고 했다.

가장 힘든 건 데이 근무, 나이트 근무, 이브닝 근무 3교대 중 밤낮이 바뀌는 이브닝 근무를 할 때였다. 하지만 시간대에 따라 보고 배울 수 있는 것들이 다르기에, H는 가장 힘든 시간의 근무도 감사하게 받아들였다. 병원 내 엄격한 위계질서 역시 겸허하게 받아들였다. 공부를 더 많이 한 분들의 지시 아래 자신의 자리에서 최선을 다하고자 했다. 몸이 고된 것에 비해 수입이 많지는 않지만 매달 들어오는 월급도 감사하게 여긴다. 간호조무사로 일한 지 일 년을 채우고 나니, 병원이 돌아가는 모습을 어느 정도 파악하게 되었다. H는 이런 자신이 뿌듯하다고 했다.

"아래층에 파킨슨병으로 고생하시는 어르신에게 특별히 시선이 갑니다. 평생 여장부같이 굳건하셨던 어머니가 나이 여든을 바라보는데 최근 파킨슨병으로 고생하고 있거든요. 아버지가 건강하셔서 엄마를 돌보고 계시지만 가끔 아픈 엄마를 두고 나는 왜, 여기서, 누구를 돌보고 있나 하는 생각을 할 때도 있습니다."

어르신들을 대하다 보니 자연스레 복지와 인권문제에 대한 생각으로 이어졌다. H는 간호조무사에 사회복지사 자격까지 갖추면 자신이 돕고 베풀 수 있는 일이 더 많아질 거라 했다. 간호조무사로서 아직은 배워야 할 게 많기에 지금 하는 일에 집중해야겠지만, H는 언젠가 사회복지사에 도전하고 싶다고 했다.

"되돌아보니 저는 쭉 돌봄노동을 하면서 살아왔더군요. 88년부터 대학에서 공부한 생물학과는 전혀 상관없이 가정주부로서 두 아이를 키웠고, 어린이집에서 아이들을 먹였고, 이제는 노인들을 돌보고 있습니다. 앞으로 사회복지 공부를 희망하는 것도 돌봄과 무관하다고 할 수 없지요. 제 아이를 키운 것 외에는 어느 부모, 어느 자식의 돌봄노동을 대행한 것이라 할 수 있겠습니다. 돌봄으로만 치자면 경력이 단절된 적은 한순간도 없더군요. 한 사람의 삶에서 이렇게나 중요한 돌봄이라는 노동을 업으로 삼고 있다는 사실이 자랑스럽습니다. 또 사회적인 돌봄을 실천하고 있다는 사실에 늘 보람을 느낍니다. 바람이 있다면 이 사회에서 돌봄노동이 좀 더 중요하게 여겨졌으면 합니다. 결국 우리는 돌봄의 굴레에서 벗어날 수가 없으니까요."

유튜브 편집자입니다

김 : 자기소개 부탁드립니다.

신 : 안녕하세요. 그림아이 유튜브 편집자 신은영입니다.

김 : 담당하고 계신 유튜브 채널은 어떤 콘텐츠를 생산하고 있나요.

신 : 유튜브의 주인장은 올해 초등학교 2학년 남자 아이고요, 애니메이션이나 게임에 등장하는 괴물들을 그리고 소개하고 있습니다. 다양한 재료를 사용해 표현하고 있어요. 영상이 짧고 소재가 공감돼서 그런지, 아

이의 또래 친구들이 주로 찾아와 주는 것 같아요. 이런 작업들에 대해 영상을 찍고 편집을 하고 있습니다.

김 : 미술을 전공하셨다고 들었는데, 그전에는 어떤 일을 하셨나요.

신 : 과정을 말하자면 좀 이야기가 길어지는데요. 저는 부산예고를 졸업하고 이화여대에서 한국화를 전공했어요. 졸업전시와 동시에 의류회사 아트팀에 취업했어요. 회사에 뼈를 묻으려고 했는데 임신 6개월 때 회사가 이전하게 되었고 그에 맞춰서 저의 부서이동을 통보받았습니다. 그 팀은 비혼여성 실장님이 이끄는 전설의 지옥팀이라고 불렸는데, 출산과 육아를 겪어야 하는 직원들은 결국 버티지 못하고 퇴사하기로 유명한 팀이었습니다. 저도 부서이동을 통보받고 나서는 '아, 그만두라는 얘기구나' 하고 이해했어요. 당시 서울 변두리의 빌라촌에 살았는데, 9호선 지옥철로 한 시간 반을 가야 회사에 도착하는 상황인 데다 출퇴근 시간에 입덧과 호흡 곤란으로 고통을 겪고 있었어요. 이렇게 된 김에 아이를

열심히 키워보자고 결심하며 퇴사하게 되었어요.

김 : 그 이후로 단절된 시간을 경험하셨을 텐데요.

신 : 그렇죠. 육아는 생각했던 것처럼 간단하지 않았어요. 우울한 시기가 2~3년 동안 계속되었어요. 빌라 뒤에 있던 카센터의 소음은 겨우겨우 견뎌왔는데, 갑자기 페인트칠하는 업소로 바뀐 후에는 도저히 아이를 키울 수 없는 환경이라 판단했습니다. 고통스러운 휘발성 냄새와 공중에 떠다닐 것 같은 페인트 파편들이 아이를 위협한다고 느꼈죠. 당시 재정 형편으로 갈 수 있는 곳은 경기도 외곽의 아파트였어요. 이사를 하고 아이를 어린이집에 보내면서 억눌러왔던 것들을 쏟아내기 시작했어요. 쌓아둔 마음의 고통을 치료하기 위해 심리상담을 받았고, 장르를 가리지 않고 기회가 되는 대로 이것저것 배웠습니다. 부동산 경매, 주부 재테크, 블로그 마케팅, 유튜브 크리에이터 과정 등을 들었고, 미술심리치료 자격증을 따기도 했어요. 또 여성고용센터에서 다양한 연령대의 주부들과 만나면서 사람들과 소통하며 꿋꿋이

살아내는 법을 배웠습니다. 20대 젊은 사람부터 50대 이모님들까지 각계각층 주부들의 사연은 제각각 기구했고 다양한 재미와 감동이 있었습니다.

김 : 유튜브 편집자는 어떻게 시작하게 되었나요?

신 : 시간은 흘러 아이가 초등학생이 되었어요. 남편과 저의 끼를 물려받았는지, 아이가 그림 그리는 걸 아주 즐거워하더라고요. 다양한 재료와 표현기법 등은 제가 알려줄 수 있는 부분이기도 했고요. 아이가 표현하면서 즐거워하는 모습을 기록하면서 그동안 배워왔던 기술들을 써먹게 되었습니다. 그렇게 유튜브 편집자가 되었습니다.

김 : 그렇다면 현재 채널에서 중점을 두고 계시는 부분은 어떤 게 있을까요.

신 : 즐거움에 중점을 두고 있습니다. 표현에 있어서 즐거움만큼 중요한 건 없다고 생각해요. 아이가 그림

을 그리면서 자유롭고 즐거워하는 모습을 담으려고 노력해요. 이것이 표현의 본질이구나, 요즘 많이 느끼고 있습니다.

김 : 본인도 그림을 전공했고 디자인 업계에 있기도 했는데, 자신의 것을 표현하고 싶은 욕구는 들지 않나요?

신 : 어릴 적에 그림부터 시작해 미대 입시를 거쳐 대학 생활, 이후 직장생활을 했던 30대 초반까지 저는 그림과 디자인이라는 도구로 스스로 표현하며 살아왔다고 생각했어요. 그런데 그게 진짜는 아니었더라고요. 한때 센터에서 배운 걸 바탕으로 제 블로그를 열었어요. 글과 사진으로 저를 표현하니 온라인상에서도 친구가 만들어지더라고요. 그리고 남편이 새로 개업한 미술학원의 블로그를 관리하기도 했습니다. 결과가 좋았어요. 그러면서 표현하고 소통하는 진짜 즐거움을 깨달았습니다. 나를 표현하는 채널과 수단에 대해 생각해보는 계기가 되기도 했죠. 그게 가능했던 건 모든 활동을 멈추고

아이와 집에 머물렀던 몇 년의 우울한 시간이 있었기 때문이에요. 나라는 사람을 구석구석 들여다볼 수 있었죠. 그 모든 과정 끝에 지금의 내가 있고 지금 아이의 것을 표현하도록 돕고 지켜보는 것 자체가 즐겁고 평안합니다. 지금 유튜브를 편집하는 것 역시 나를 표현하는 것의 일부라고 생각해요.

김 : 앞으로의 삶과 작업에 대한 방향이 있다면요?

신 : 직장을 그만두고 멈추어 있는 동안 이루지 못한 '나의 성공한 모습', '이상적인 내 모습'에서 하나씩 자유로워지기 시작했어요. 회사생활만 했다면 몰랐을 세계가 펼쳐진 거죠. 지금은 일상을 늘 유의 깊게 보고 많은 걸 생각하고 느끼고 있습니다. 제 마음의 소리에 귀를 기울이려고 노력합니다. 글이나 사진 등으로 짧은 기록을 남기기도 하고요. 언젠가 어떤 도구로 어떤 채널을 통해 스스로를 표현할 때가 올 거라 생각합니다. 조급하지 않아요. 현재를 열심히 살 뿐이죠.

김 : 좋은 말씀 덕분에 저를 돌아볼 수 있었던 시간이었습니다. 감사합니다.

이론 740시간, 실습 780시간의 자격

이론 740시간, 실습 780시간. 각 6개월씩 꼬박 일 년을 투자해야 한다. 시간은 누구에게나 공평하다고 했다. 곧 초등학교에 입학할 첫 아이와 아직 치마폭에서 떨어질 줄 모르는 세 살배기를 돌보는 A에게도 시간에 대한 이 같은 정의가 유효할까.

건강보험제도 안정화와 건강에 대한 관심도가 높아지면서 수요가 증가하고 있다고 했다. 고령화 사회로 갈수록 일자리 전망이 밝을 것이라 했다. 무엇보다 나이 제한, 경력 제한, 전공 제한 없이 고졸 이상이면 국가에서 일체 교육비가 지원된다고 했다. A가 아직 엄마의 손이 필요한 아이들을 뒤로하고 간호조무사 자격증을 취득하겠다고 결심한 이유다. 결정을 내리기까지 고민이 많았지만, 막상 결심하고 나니 설렜다. 결혼 이후 이어진 임신, 출산, 육아로 어떤 일도 쉽게 시작할 수 없었다. 대학교에서의 전공, 결혼 전에 몸담았던 직종과는 자연스레 멀어졌다. 다시 돌아갈 수 없을 만큼 멀리 와 버린 것 같았다. 간호조무사라는 유망한 직업은 건강이 허락할 때까지 보장되는 일자리면서, 훗날 양가 부모님의 노년도 제 손으로 지킬 수 있겠다는 계산까지 가능하게 했다. 1,520시간을 채운 일 년. 자기 외에 2인분의 몫을 보태 짊어진 A에게 통학 포함 매일 열 시간씩, 일 년을 투자하자는 결심은 특별히 독한 마음을 먹지 않으면 불가능했다.

"이론 740시간이요? 두꺼운 책을 앞에 두고 엉덩이 붙이고 앉아 있기가 힘들었지만 즐거웠어요. 오랜만에 공부한다는 사실도 설렜고 직업 세계에 몸담게 될 미래를 생각하면 가슴이 뜨거워졌죠. 그런 희망으로 교육생들과 서로 의지하며 버텼던 거 같아요."

기초간호학개요, 보건간호학개요, 공중보건학개론,

실기. 네 과목을 공부했다. 실습 6개월 후에 치러지는 시험이라 잊어버리지 않으려고 더 열심히 공부했다. 종일 공부하는 일이 쉽지 않았지만 함께 하는 동료들이 큰 힘이 되었다. 주간 반에만 적용되는 국비 지원을 받기 위해 하던 일을 그만둔 사람, A처럼 아이를 맡기고 공부하러 나온 사람, 고등학교 졸업 후 대학진학 대신 이 길로 들어온 사람 등 20대 초반부터 50대까지 연령과 경력이 다양했다. 뜨겁게 불태우던 이론 기간이 지나고 실습 기간이 왔다. 다행히 집 근처에 있는 병원에 배정되어 아이들 돌보는 데 있어 덕을 크게 봤다. 첫째는 초등학교까지 스스로 등·하원이 가능했고 둘째는 어린이집에서 늦게까지 보육이 가능해서 퇴근 후에 바로 데리러 가면 되었다. 아이들과 떨어져 있어도 언제든 달려갈 수 있는 거리에서 근무한다는 사실에 마음이 놓였다.

"실습 780시간에 대해서는 할 말이 많습니다. 다리가 퉁퉁 붓고 어깨, 허리, 손목, 안 아픈 구석이 없었어요. 집에 돌아가 아이들 좀 봐주고 누우면 다음 날을 생각해서 자야 하는데, 생각이 복잡해져서 밤을 하얗게 지새우는 날이 많았습니다."

　책으로만 공부하다가 현장에서 부딪히며 느낀 것들은 A를 혼란스럽게 했다. 첫째로 체력 하나는 자신 있었던 A는 온종일 몸을 써야 하는 일이 힘에 부쳤다. 간호사의 지시에 따라 의료용품들을 정리하고, 침대 시트를 갈고, 거동이 불편한 환자의 환복을 돕고, 식사나 배변을 보조하기도 했다. 간호조무사라는 직업은 굉장한 체력을 요구하는 중노동임을 몸소 깨달을 수 있었다. 두 번째로 느낀 건 병원의 위계질서였다. 아무리 경력이 많고 노련한 조무사일지라도 갓 현장에 나온 신입 간호사보다 처우가 낮았고, 어떠한 결정권 없이 내려오는 지시에 따라야 했다. 간호사와 간호조무사 간의 넘을 수 없는 경계를 겪으면서 병원 내의 권력 관계를 보게 되었다. 또한 실습생들의 노동이 교육이라는 이름으로 행해졌지만, 노동으로서는 인정받지 못한다는 사실에 혼란스러웠다. 교육생들은 이름도 없이 '학생'이라고 불려 다니며 갖은 잡무를 도맡아야 했다. 낮에는 긴장 상태로 일했고 밤에는 녹초가 된 몸으로 까만 천장을 마주해야 했다. 잠이 오지 않았다. 조금 더 일찍 알았더라면, 조금 더 일찍 결정했더라면 간호조무사보다 간호사를 선택해서 매진했을 텐데. 그렇다면 더 나은 대우를 받으며 안정된 일자리를 얻을 수 있었을 텐데.

"병상 시트를 갈다 보면 자꾸 과거로 걸어 들어가요. 출산 이전으로, 임신 이전으로, 결혼하기 전으로, 또 철부지 20대 시절로 돌아가는 거예요. 왜 더 나은 미래를 준비하지 못했을까. 왜 생각하지 못 했을까. 나 자신과 결혼, 출산과 육아에 대해 곱씹으며 스스로를 괴롭히는 겁니다. 간호조무사 하나만 보고 일 년을 쏟아부었는데 막상 현장에 나와 보니 간호사라는 길에 대해 생각하게 되더라고요. 간호사가 되는 방법 같은 걸 검색해보기도 하고요. 4년제 대학을 다시 들어가야 가능하더라고요. 학사편입의 경우, 조무사 경력과 토익점수가 필요하고요. 학비나 시간만 놓고 따지더라도 내가 함부로 넘볼 수 없는 길이라는 걸 깨달았죠."

A는 희망과 절망 사이에서 자신을 추스르며 실습을 마무리했다. 실습 기간 중 책을 펼쳐볼 여유는 없었다. 이론 공부를 할 때 배운 내용으로 시험을 치르고 간호조무사 자격증을 따야만 했다. 일 년이라는 시간 동안 생계를 책임져야 해서, 아이들이 아플 때마다 돌볼 사람이 없어서, 나이가 드니 공부가 어려워서, 실습 때 근무 환경에 적응하지 못해서 등 적지 않은 동료들이 다양한 이유로 중도에 하차했지만, A는 끝까지 해냈다. 다행히 실습했던 병원에서 자리가 날 거라 했다. 3교대가 될지라도 근무지와 집이 가까웠고, 오래 살았던 동네라 아이를 잠깐 부탁할 이웃도 많았다. 그런데 갑자기 남편의 전근으로 인근 소도시로 이사를 해야만 했다. A는 꿈꾸던 취업을 미루고 갑작스러운 변화에 학교와 유치원 적응을 돕는 엄마로서의 역할을 우선하기로 했다. 그리고 몇 개월 후, 그는 동네 병원 몇 군데에 적극적으로 이력서를 넣었다. 어렵게 취득한 간호조무사 자격증을 놀리고 있을 수 없었기 때문이었다.

　　"면접을 갔더니 아이 나이를 물어봤어요. 10살, 6살이라고 하니 한참 말이 없었어요. 그러더니 '작년에 자격증을 따셨네요. 경력도 없고 자녀들도 아직 어리고. 죄송합니다. 우리 병원과는 맞지 않겠습니다', 이러는 겁니다. 병원마다 비슷한 소리를 했어요. 참 담했죠."

A가 몇 차례 구직실패를 겪는 동안 둘째는 초등학교 입학을 앞두게 되었다. 갓 입학한 둘째 아이를 챙겨야 해서 당분간 구직을 생각할 수 없는 상황이었다. 그가 보냈던 이론 740시간, 실습 780시간에 대해 생각한다. 그 시간을 다 하기 위해 독감으로 고열에 시달리는 아이를 돌보지 못하고, 아이가 꼭 참석하길 당부했던 생애 첫 학예회에 참석하지 못하고, 엄마와 함께 지내기를 원하는 아이들을 뒤로하고 주말에도 공부와 실습에 매진했던 그의 치열했던 시간에 대해 생각한다. 구내식당에서 제공하는 한 끼의 식사 외에 노동에 대한 어떠한 보상도 받지 못하고 실습생이라는 이름으로 사용되었던 중노동 780시간에 대해 생각한다. 엄마의 공부와 노동의 대가로 빈집에 남겨졌던 아이들의 시간에 대해 생각

한다.

"자격증을 취득해도 자격이 안 된다는데, 자격증이
무슨 소용인가요? 실질적으로 구직에 도움이 되는
자격증과 교육을 원해요. '경력이 없어서'라는 말이
나 듣고 뒤돌아 나와야 하는 자격증 말고요. 주부 구
직자에게 '아이가 어려서'와 같은 이유로 거절하는
일은 없었으면 좋겠어요. 아이가 자라고 나면 '경력
은 없고, 나이는 많아서'와 같은 말을 들을까 봐 겁
이 납니다. 그런 말들을 듣지 않는 세상이었으면 해
요. 갈 데가 없잖아요, 우린."

이론과 실전의 간극

       청첩장을 받는다는 핑계로 떠들썩한 술집에 대학 동기 여럿이 둘러앉았다. 소주를 한 모금씩 나눠 마시자 오늘의 주인공이 봉투를 하나씩 돌렸다. 하얀 종이에 금박과 음박으로 새겨진 글자를 더듬고 있자니 만감이 교차했다. 언제까지나 철없던 대학생, 방황하는 20대일 것 같았는데 서른이 되자마자 친구 놈의 결혼 소식을 듣게 되다니. 술자리가 무르익고 기분이 들뜬 예비신랑은 불콰해진 얼굴로 말했다. 내가 니들 중에 취업도 가장 먼저하고 결혼도 가장 먼저 했으니 아이도 가장 먼저 낳을 것이라고 목소리를 높였다. 워... 여기저기서 부러움이 섞인 야유가 터졌다. P를 제외하고 모두 대기업에 다니는 동기들의 대화는 직장생활, 연봉, 승진, 연애와 결혼에서 크게 벗어나지 못했다. 다 괜찮았는데, 직장 상사의 출산 이야기부터 P는 자리가 불편해졌다.

"우리 팀장님은 3, 4년째 얼굴 보기가 힘들어. 결혼은 진즉에 했는데 임신이 안 되다 결국 노산을 했어. 출산하고 1년 넘게 휴직했지. 그러다 복귀해서 6개월 만에 또 둘째를 임신했어. 곧 휴직에 들어가. 이래서 책상이 남아나겠냐?"

"우리 팀 대리는 아기 낳고 휴직했다가, 복직하자마자 사표를 내더라고. 민폐가 따로 없지."

"유부녀들만이 아니라 여자 신입들도 문제가 많아. 늘 몰려다니며 말이나 만들고 말이지. 그런 신입을 가르치고 사고 치면 수습하느라 내가 애먹는다니까."

"걔네가 결국 결혼한다고 관두고 아이 낳는다고 휴직하는 거 아니냐."

아기가 태어나면 제수씨 직장은 어떻게 되냐고 한 친구가 물었다. 마냥 들떠 있던 예비신랑의 갑작스러운 침묵에 모두가 당황했다. 예비신랑은 한참 그대로 있더니 말을 이었다.

"글쎄... 그건 생각 안 해봤는데, 장모님이나 엄마한
테 부탁해야겠지?"

"그래. 제수씨도 일은 계속해야지."

"요즘 세상에 외벌이가 웬 말이냐."

"대출이랑 아이 키우는 데 들어가는 돈 생각하면 일
을 놓으면 안 되지."

P는 점점 말을 잃어갔다. 임신과 출산을 대하는 태
도와 여성이 사회적으로 몫을 다하길 바라는 이중적인
시선 앞에 입을 닫고 말았다. 최근 여성들의 경력단절에
관한 책을 기획하고 있는 입장에서 아무렇지 않게 내뱉
어지는 비난과 혐오에 대해 쏟아낼 이야기가 많았다. 하
지만 새로운 목소리를 내고 낡은 시선에 대해 쓴 소리를
했을 때 친구 녀석들의 반응은 익히 예상되는 바였다.
약자의 아픔에 귀 기울이고 그들의 입장에서 한 번 생각
하기보단, 익숙한 관념과 세상의 통념을 여과 없이 받아
들이는 게 더 편하고 쉬울 테니까. 오늘은 대기업 사원

들 앞에서 따분한 잔소리나 해대는 문화계 종사자가 되기보다 조용히 술만 홀짝이는 사람이기를 택한다.

P는 어제의 숙취를 실감하며 출근했다. 청년노동에 관련된 인터뷰 책자를 위해 자료를 찾고 인터뷰 대상자를 물색하다 보니 오전이 금세 흘러갔다. 점심시간이 되어 여느 때와 같이 배달음식을 시키려고 모였다. 중국집으로 할 것이냐 백반집으로 할 것이냐 의견을 모으는 중에 C 선배가 어두운 낯빛으로 '저는 오늘 빼주세요' 했다. 선배는 자리에 앉은 채 가방에서 작은 통을 꺼냈다. 오렌지와 키위가 전부인 과일 도시락이었다. 의아하게 바라보는 P에게 선배는 눈을 한 번 찡긋하더니, 파티션 너머로 목을 치켜들고 사무실 전체를 향해 수줍게 말했다.

"저 임신했어요. 지난주에 알게 되었어요."

사무실을 같이 공유하고 있는 옆 회사의 직원들까지 모두 축하의 말을 건네며 기뻐했다. 떠들썩하게 둘러앉아 점심을 먹고 자리로 돌아온 P는 밀려드는 복잡한 마음에 일이 손에 잡히지 않았다. C 선배가 아기를 가졌다. 입사 4년 차이자 결혼 3년 차인 선배가 그동안 얼마나 임신을 기다려왔는지 P는 누구보다 잘 알고 있었다. 축하하는 마음과 별개로 머릿속에서 질문이 꼬리에 꼬리를 물고 이어졌다. 선배의 출산예정일은 언제이고 출산휴가는 언제까지 쓰게 될까. 무사히 복귀할 수 있을까. 태어난 아기의 양육은 누가 맡게 될까. 재택근무를 하게 된다면 일에 차질은 없을까. 선배의 빈자리를 대신할 누군가에게 제대로 된 인수인계가 가능할까. 회사가 도약하는 시기에 꼬박 3년을 함께 손발을 맞춰온 동료가 곁에 없을 것을 생각하니 눈앞이 캄캄해졌다.

"선배, 속은 좀 괜찮아요?"

"응. 그런데 너무 졸려서 정신을 차릴 수가 없어. 임신 초기에는 이렇게 졸음이 쏟아진다네. 일의 효율이 심하게 떨어지는 거 같아."

C 선배는 퀭한 얼굴로 마른세수를 한 뒤 책상에 엎드렸다. 선배가 오전에 붙잡고 있던 일은 진도가 나아가

지 않은 듯 보였다. 임신한다는 게 이토록 많은 변화를 가져오는 것이구나, 새삼 깨달았다. 변화는 개인뿐 아니라 개인을 둘러싼 관계와 환경에도 영향을 미치고 있었다. 그동안 사회문제, 그중 여성 문제에 늘 관심을 가져왔고 이에 관한 책을 기획해왔다. 적어도 이 문제에 있어서만큼은 누구보다 넓은 이해가 바탕이 되어있다 생각해왔다. 늘 소수자의 입장에서 생각하고 그들의 목소리에 귀 기울인다고 자신해왔다. 무지한 친구 놈들에게 가르쳐야 할 게 많다고 생각해왔다. 그런데 정작 일터에서 마주한 최초의 경험 앞에서 우왕좌왕하는 자신의 모습이 낯설게 다가왔다. P는 어정쩡하게 선 채 비로소 현실에 발을 내디딘 것이다.

어제의 불편한 자리에 대해 잠시 생각했다. 함구하고 자리를 지키던 자신에 대해 생각했다. 만약 남자인 자신이 결혼하고 아이가 생긴 상황이라면 회사에서 환영받을 것이다. 가장으로서, 한 아이의 아버지로서 더욱 책임감을 가지고 일을 하겠노라고 축하와 격려를 받을 것이다. 그러나 임신을 한 여성은 어떠한가. 친구 녀석들의 대화 중에서 엿볼 수 있듯 조직에 피해를 주는 사람, 일에 책임을 지지 않는 사람으로 인식되기 쉬웠다. 당사자의 마음은 어떨까. 기다렸던 임신이지만 한참 일의 능률이 오르고 능력을 펼칠 시기에 단절될 수밖에 없는 현실을 겪으면 어떨까. 언젠가 미래의 내 아내에게도 벌어질 수 있겠다는 생각에 P의 마음은 무거워졌다. 가정의 행복과 회사의 행복이 일치할 수 없는 걸까.

세상을 바꿀 수 없다면 나는 이 자리에서 무엇을 해야 할까. 답은 명확하다. 요즘 고민하는 사회적 약자들의 이야기. 청년 문제, 노인 문제, 여성 문제, 동물권 문제 등 다양한 아픔에 귀 기울이고 계속해서 세상에 이야기되도록 애쓰는 것. 선배의 휴직기간 동안 남은 동료들과 힘을 모아 일하고 선배의 복귀를 응원할 것. P는 자신이 할 수 있는 건 이 두 가지라고 생각했다. 선배의 출산과 휴직, 성공적인 복귀가 우리 회사에 새로운 문화로 자리 잡을 수 있을 거고, 이는 후배들과 이웃에게 좋은 선례가 될 수 있을 것이다. 그 과정에서 한층 성장해 있을 스스로에 대한 기대도 크다. P는 마음을 다잡았다. 그래, 이제부터 실전이다.

이 단절의 장막을 뚫을 수 있을지

　　휴대전화의 진동이 집안의 적막을 흔들었다. 머리가 쭈뼛 선 채로 잠든 아기를 살피고 살며시 자리를 빠져나와 건넌방에서 전화를 받았다. "J 씨, 아기 잘 크지? 자기 복직할 거야?" 몇 개월 만에 듣는 팀장님의 목소리다. J는 희미하게 웃으며 잦아드는 목소리로 겨우 "네에" 하고 대답했다. 복직 여부를 확인하는 행정상 절차라는 걸 잘 알지만, 자신도 모르게 팀장의 뉘앙스를 살피고 의중을 더듬고 있다. 아무래도 J의 복직을 반기지 않는 것만 같다. 복직을 하겠냐는 질문 속에 복직을 정말 할 수 있겠어? 한다 해도 네가 얼마나 버티겠냐고 묻는 것 같다. J의 빈자리는 비정규직으로 얼마든지 채워질 거고, 비정규직은 J보다 낮은 급여를 받으며 미혼이나 비혼이라면 근무여건에 입 대지 않고 충실히 임할 테니.

달력을 넘긴다. 다음 달이면 아기 돌이고 그로부터 5개월 후면 복직이다. 하루에 몇 번씩 달력을 넘길 때마다 한숨을 내쉰다. 일을 다시 시작한다는 점만 생각하면 설렜지만, 걱정은 따로 있다. 겨우 걸음마를 시작한 아기를 두고 경기도 군포에서 편도 한 시간 반씩, 매일 세 시간을 지옥철을 타고 서울 한복판으로 나갔다가 들어오기를 반복하는 삶. 그래, 그런 것쯤이야 다 견딜 수 있다. 진짜 문제는 나이트 근무다. 한 달에 서너 번 밤 9시에 출근해 다음 날 아침 9시에 퇴근하는 나이트가 걸리면 아이는 누구에게 맡겨야 하나. 야근이 일상인 남편은 나이트 근무를 하기에 좋은 육아 파트너는 아니다. 게다가 평일에 휴무를 가지는 직업이라 주말 나이트가 걸리면 더욱 문제다. 꼬박 밤새고 돌아와 아이를 어린이집에 보낼 수도 없고, 난감하기 이를 데가 없다.

"종합병원 임상병리사로 7년간 근무하면서 복직에 성공한 사람을 딱 한 명 봤습니다. 친정과 시댁 어르신들이 돌아가면서 아이를 봐주셔서 가능하다고 했어요. 그런데 그 선배도 나이트 근무를 견디지 못해 겨우 6개월 채우고 결국 퇴직하게 되었습니다. 제가 목격한 유일한 출산 후 복직은 6개월 만에 끝나고 말았죠."

임신을 확인한 이후 병원 측의 배려로 나이트 근무에서 빠질 수 있었다. 임신 초기부터 만삭까지 그 덕을 크게 보긴 했지만, 나이트 근무 제외는 정작 출산 후 육아기에 절실히 필요한 배려가 아닌가 싶었다. 하지만 아이를 다 키워놓은 선배들이 자기들 때는 출산휴가도 제대로 없었다고, 참 세상 좋아졌다고 지나갈 때 던지는 말에 J는 마음이 편치 않았다. 다들 일에 매진하면서도 치열하게 자기관리하고, 연애하고 취미생활도 하며 저마다 바쁘게 사는 미혼 또는 비혼 근무자들에게 임신과 육아를 이유로 매번 양해를 구할 수도 없는 노릇이었다. J가 받은 배려는 동료들이 짊어져야 할 몫이 늘어난다는 뜻이었고, 이는 J의 부채의식으로 이어졌다. 무언가 모를 미안함이 마음을 무겁게 짓눌렀다.

J는 출산휴가와 육아휴직 시 급여신청에 관해 문의하기 위해 총무과에 갔다. 담당자는 추후 연락이 갈 거라는 답변만 하고 자세한 안내는 해주지 않았다. 담당자의 무심하고 냉랭한 태도는 J를 위축시켰다. 바쁘게 일하는 사람에게 재차 묻기가 민망해 잠깐 그대로 서 있다, 다시 기회를 봐서 복직에 관해 물었다. 담당자는 얕은 한숨을 내쉬며 모니터에 시선을 그대로 둔 채 말했다. "임상병리팀에서 육아휴직 이후 돌아온 사례가 거의 없긴 하죠, 아마?" J는 또 한 번 움츠러들었다. 임신과 출산이 폐를 끼치는 것 같은 기분에서 벗어날 수 없었다. 총무팀에서 급여신청에 관해 연락받은 건 육아휴직을 하고 있던 중이었다. 신청기한이 임박하자 총무팀에서 안내전화가 왔다. 우는 아기를 달래가며 컴퓨터 앞에 앉아 병원, 고용노동부, 고용보험 등 여러 사이트를 오가고 여러 곳에 전화를 돌리며, 허둥지둥 급여신청을 마무리할 수 있었다.

"제가 현재 근무하는 종합병원의 임상병리사 25명 중 40대 이상은 단 두 명입니다. 두 분 모두 일찍 결혼해서 자녀는 중학생이라 주말근무나 삼교대근무에 무리가 없으세요. 나머지는 20대 중반 사회초년생이나 임신이나 출산을 경험하기 전의 30대 초반까지가 대부분입니다. 30대 중반부터 40대 중반의 나이대는 비어있어요. 전체 인원 25명의 작은 조직에서 나이대 분포만 봐도 임신 및 출산기 여성의 경력단절이 명확히 보여집니다."

단절은 하루에도 몇 번씩 찾아왔다. 낮잠이 든 아기 옆에 누워 인스타그램에 입장한다. 오늘도 나를 제외한 타인은 반짝거린다. 일터에서, 퇴근 후 피트니스 센터에서, 애인과 분위기 좋은 식당에서, 주말 여행지에서, 모두 하루하루 알차고 빛나게 보내고 있구나. 아기 돌보느라 외출이 자유롭지 못한 데다, 코로나 시국은 J를 더욱 육아와 가사에 고립되게 했다. 모두 앞을 향하여 힘차게 걸을 때 J는 아기와 단둘이 집안에 박혀서 제자리걸음을 하고 있다. 아니, 돌이 안 된 아기는 엄마만 바라봐도 충분할 것이다. 엄마가 곧 아이의 세계이므로. 방긋방긋 웃고 마음껏 울며 무럭무럭 하루가 다르게 자라고 있다.

고로 고립되고 단절된 건 유일무이한 J다. 인스타그램을 접고 포털 카페로 들어간다. 온갖 육아 정보와 동네의 이모저모, 크고 작은 고민과 조언이 넘쳐나는 맘카페다. 아이를 봐줄 사람을 찾는 글들을 보며 마음이 무거워진다. 복직 걱정에 앞서 아이를 맡길 이모님을 찾는 게 우선인데. 마음 같아서는 당장이라도 면접을 보고 잘 맞는 분을 찜해두고 싶지만, 몇 개월 후의 일자리를 위해 미리 구직에 나서는 시장은 아니기에, J 역시 임박해서 알아보는 수밖에 없다는 것을 잘 알고 있다. 마음만 동동거릴 뿐. 이모님 복은 여자의 3대 복 중에 하나라는 말은 결코 가벼운 농담이 아니었다. 생각할수록 모골이 송연해지는 실재하는 공포였다. 걱정은 꼬리를 물고 이어진다. 양가 부모님이 일하지 않고 아이를 봐줄 수 있었다면 지금보다 마음이 가벼웠을까. 가족과 잘 맞는 이모님을 구할 수 있을까. 가족 모두가 나이트 근무에 적응할 수 있을까.

"남편도 제가 일을 하기를 원합니다. 저 역시 일을 원하고 이 일에 자부심을 가지고 있어요. 9월이 되면 어떤 상황이 펼쳐질지 사실 저도 모르겠습니다. 한 가지 확실한 건, 이래서 아이 낳기를 원치 않거나 한 명 낳아 겨우 기르는구나 이해가 된다는 겁니다. 복직 후 버티지 못하고 퇴직을 한다면 집 근처의 개인병원에 자리를 얻어야겠죠. 그런데 피검사, 소변 검사를 주 업무로 하는 임상병리사를 정규직으로 두는 개인병원을 찾기란 쉽지 않습니다. 결혼과 출산을 겪은 여성이 정규직에서 비정규직으로, 직장인에서 전업주부로 입지가 변화할 수밖에 없는 현실을 당연하다고 받아들이고 싶지 않아요. 하지만 성공적인 복귀의 선례가 없는 현실 앞에 겁이 납니다. 큰소리치고 있지만, 사실 저는 잘 모르겠습니다. 이 단절의 장막을 뚫을 수 있을지."

나는 자진 퇴사자입니다

이직의 기회는 결혼과 동시에 찾아왔다. 새로운 근무지는 해외브랜드를 수입하고 국내에 런칭하는 게 주 업무인 회사였다. 전국 주요 도시에 매장을 열고 관리하는 일이 많았다. 부서 설립 10년 만에 유부녀 입사자는 처음이라고 했다. 팀장을 포함한 대부분의 팀원이 여성인 데다 모두 비혼이거나 미혼이었다. 결혼이 예정된 사원은 자연스럽게 퇴사의 수순을 밟았다고 했다. 회사의 관심을 한 몸에 받으며 업무 적응에 애를 쓰던 C에게 갑작스러운 소식이 찾아온다. 입사 한 달 만에 예기치 않은 임신 사실을 알게 된 것이다.

"그때가 임신 5주 차였는데요. 바로 회사에 보고했

습니다. 팀장님이 굉장히 당황해하더니 말을 잇지 못했어요. 잠시 후 부서 최초의 유부녀에 첫아기라며, 대단한 경사라고 했어요. 함께 잘 키워보자고 하더라고요. 며칠 후 임신 6주 차에 들어섰을 때 갑자기 부산으로 출장 명령이 떨어졌어요. 백화점 폐점후 인테리어 공사를 하는 현장이라 철야를 강행할수밖에 없었습니다. 늦가을이었는데 옷도 준비되지않아 덜덜 떨면서 밤을 지새웠어요. 다음날 몸이 너무 무겁고 배가 뻐근했습니다. 그리고 며칠 후, 7주차에 아기 심장이 멈췄다는 소리를 들었습니다. 불가피하게 임신중절 수술을 받아야 했어요."

수술 후 1주일간 회사를 나가지 못했다. 인사팀에서 신규입사자에게 배당된 휴무가 없다며 1년 만근 후발생하는 12개의 휴가 중 일주일을 미리 당겨 써야 한다고 안내받았다. 계획한 임신은 아니었지만 새 생명을 받아들이고, 기뻐하고, 사랑을 표현해 보지도 못하고 그렇게 떠나보내야만 했다. 회사에 복귀하자마자 쏟아지는 업무 사이에서 C는 아이를 애도할 여유조차 갖지 못했다. 몇 주 사이에 일어난 엄청난 일들을 마치 없었던 것처럼 덮어두고 일에 매진하는 수밖에 없었다. 3개월 후, C는 다시 임신 사실을 알게 되었다. 역시나 계획된 것은 아니었다. 불편했지만 팀장에게 바로 보고하는 게 아기와 자신을 지키는 일이라 판단했다. 축하의 말을 기대한 것은 아니었지만, 팀장은 전 사원이 보는 앞에서 온몸으로 거부를 표현했다.

"팀장이 겨우 감정을 추스르고 말하더라고요. 유산 경험도 있으니 이번엔 현장에 나가지 말고 사무업무만 보라고요. 통상 두 사람이 한 가지 브랜드를 맡아 진행했었는데, 현장 나가는 일만 제외하고 다섯 개의 브랜드에 대한 서류를 저에게 다 몰아주더라고요. 다른 팀의 신입사원을 교육하라며 그가 저지른 실수를 수습하는 일도 해야만 했습니다. 몸은 책상 앞에 앉아 있었지만, 심리적인 압박과 업무의 양은 감당하기 힘들 정도였어요. 그리고 임신 3개월 차에 들어섰을 때, 이전부터 예정되어 있었던 현장 출장에서 제외해달라고 말하기가 무척 힘들었습니다. 결국 낯선 현장에서 마네킹을 스무 번도 더 들었다 놓았다 위치를 옮기는 일을 했어요."

C는 다음날 바로 하혈을 하고 2주간 입원했다. 이번에는 휴무를 당겨쓸 수 없었기에 빠진 날만큼 월급에서 제하겠다는 통보를 받았다. 2주 후 C는 복귀하자마자 팀장으로부터 엄청난 모욕과 폭언을 들어야만 했다. 너 한 사람이 빠짐으로써 2주간 남은 팀원들이 얼마나 고생했고, 회사는 얼마나 많은 손실을 입었으며, 자신이 얼마나 괴로웠는지에 대해 팀장은 반복해서 이야기했다. 팀장의 얼굴은 통제를 잃은 채 분노로 일그러져 있었다.

"명백한 언어폭력이죠. 저도 불같은 면이 있어서 그냥 넘어가지 못하고 인사팀으로 갔어요. 이 불공평한 상황에 대해 하소연하면 개선될 거라는 희망을 품었던 거죠. 참으로 순진했습니다."

인사팀에서 돌아온 대답은 상식 밖이었다. "기본적으로 사람을 뽑을 때는 제 몫을 다하길 바라고 뽑는 법인데. 참... 저는 뭐라고 할 말이 없네요. 그쪽 팀장님이 매우 힘드셨겠어요." 마지막 기댈 곳이라 여겼던 인사팀에서 받은 차가운 시선과 비아냥거리는 말투를 떠올리면 아직도 소름이 끼친다. 그 길로 그녀는 부서 내에서 철저하게 외면당했다.

"출근해서 정신없이 업무를 보다가 10시 반쯤 되면 사무실이 조용해져요. 하나둘씩 자리를 뜨고 아무도 없는 텅 빈 사무실에서 혼자 전화를 받고 타자를 치고 출력물을 확인하고 있는 거죠. 그 이유를 알게 되는데 오랜 시간이 걸리지 않았습니다. 회사 근처 카페에서 커피와 갓 구운 빵을 앞에 놓고 팀 전체가 회의를 하는 거예요. 저 한 사람만 빼고요."

버티는 수밖에 없었다. 1년도 채우지 못하고 여기서 그만둔다면 곧 태어날 아이까지 딸린 C에게 내어줄 자리는 다른 회사라고 있을 리 만무했다. 따돌림과 힐난을 뒤로하고 묵묵히 할 일을 하며 버티는 나날이었다. 그러던 중 임신 7개월 차에 극심한 복통으로 응급실을 찾았다. 염증 수치가 대단히 높았다. 맹장염이 의심되는데 자라난 아기집 때문에 맹장의 상태를 정확하게 확인하기 어려운 상태였다. 맹장염은 간단한 수술로 완치가 가능하지만 임산부의 경우 내장의 위치가 평소와 달라지기 때문에 자리를 찾기가 힘들었다. 거기다 마취가 태아에게 위험할 수 있었다. 결국 C는 면회도 되지 않는 1인 병실에서 산소 호흡기를 달았다. 다행히 이틀 만에 약물주입만으로 차도가 났고, C는 다행히 퇴원할 수 있었다.

급박했던 며칠 동안 방전되어있던 휴대전화 전원을 켰다. 회사와 팀원 누구에게도 안부 연락은 없었다. 그동안 자신을 향한 팀과 인사과의 대우가 부당하다고 생각해왔는데, 이쯤 되니 자신이 없어졌다. 내가 부당한 처우를 당하는 게 아니라 오히려 내가 회사에 부당함을 끼치는 건 아닌지. 혼자 버티는 싸움이 의미가 있을지. 무엇보다 이 싸움을 지속하는 게 배 속의 태아에게 내가 부당한 짓을 하는 건 아닌지. 나의 결혼과 나의 임신, 나의 허약함, 나의 모든 것이 이 조직에 부당한 것이구나.

"그만두겠다고 했어요. 이후에 구직할 때 이력서에 쓰기도 부끄러운 10개월의 경력으로 말이죠. 나오면서 팀장에게 들은 말은 '그래, 잘 생각했다'였어요. 눈길도 주지 않고 비실비실 웃어대는 얼굴을 뒤로하고 발길을 돌렸는데 부들부들 떨었어요. 보는 앞에서 눈물을 떨구지 않으려고요. 잘 생각했다고요? 제가 정말 잘 생각한 게 맞나요?"

한 생명을 받아들이며 태아가 건강하게 자라도록 응원하는 일, 아기가 무사히 세상의 빛을 보게 하는 일이 영락없는 민폐로 낙인찍혔다. 업무에 차질을 준다며 수많은 혐오가 무심하게 꽂혔다. 생명을 품어서 평소와 다른 신체조건을 가졌다는 사실이 비난의 이유가 되었다. 결국 C는 아이를 지키고 자신을 지키기 위해 자진 퇴사자가 되었다. 그는 정말 스스로 발길을 돌린 것일까. 타자에 의해 돌려 세워진 걸까.

4. 커리어우먼은
없다

성대한 잔치는 끝났다

결혼식은 강남에서 치러졌다. 예식장의 비용이 예산을 초과할 테지만 경기도와 서울 전역에서 접근하기 편리한 위치라면 강남만 한 곳도 없었다. 회사는 경기도에 있었지만 직원 중 절반이 서울 거주자였기에 위치 선정에 신경을 썼다. 결혼식은 성대했다. 친척과 지인보다 회사 사람들이 더 많이 와 식장을 빼곡하게 채웠다. 대표님부터 임원들, 타 부서에 안면만 트고 지내던 사원들도 참석해 주었다. 그만큼 O의 결혼식은 회사 전체의 이슈였다. 아직도 주례 선생님의 말씀을 생생하게 기억한다.

"아내 되는 O양은 대학에서 경영학을 전공한 재원

으로 회사에서 그 능력을 인정받으며 성실하게 근무하고 있습니다. 같은 회사에 근무하는 부군과 함께 결혼 후에도 회사발전에 함께 힘쓸 것이고... 회사 발전에 함께 힘쓸 것이고... 회사 발전에 함께 힘쓸 것이고..."

O는 2000년도에 대학을 졸업하자 중소기업의 기획팀에 취직했다. 입사 후에 사내에서 만난 타 부서 남자와 연애를 시작했고 회사 내에서 많은 응원을 받았다. '선남선녀 커플에게 언제 국수 대접 한 번 받아보나', '결혼해서 부부로 함께 출퇴근하며 회사에 충성하면 얼마나 더 좋겠냐', 높으신 분들이 지나가면서 하는 말들에 동료 사원들까지 거드는 분위기였다. 연애 3년 만에 결혼을 약속했다. 팀원들은 결혼 과정에서 많은 도움을 주었다. 결혼식 준비를 하라며 야근을 빼주기도 하고 일정에 없던 외근을 보내주기도 했다. 그렇게 많은 사람의 축복 속에 성대한 결혼식을 치를 수 있었다. 부부는 아이를 가지는 것에 대해 급하게 생각하지 않았지만 결혼식을 치르자마자 주변에서 채근하기 시작했다. '결혼했으면 아기는 언제 안겨 줄 거냐', '요즘 어린이집이 잘 되

어있으니 한 살이라도 젊을 때 아이를 낳아라', '얼른 키워놓고 일에 집중해야 한다'와 같은 기대와 충고의 목소리가 들려왔다. 2003년에 결혼을 했으니 3년 만인 2006년에 아들을 얻었다. O는 3개월 육아휴직 후 회사복귀를 앞두고 있었다. 아기는 회사 옆 어린이집 종일보육반에 맡기기로 했다. 그때부터였다. O의 삶에 균열이 시작된 것은.

서울 성북구의 집과 경기도 남부의 회사는 편도 한시간 반 거리였다. 새벽부터 아기와 함께 출근길에 오르고, 퇴근하면 아기를 찾아 세 가족이 함께 퇴근길에 올랐다. 지금과 같은 주 52시간 근무제가 없던 시절 야근은 당연한 사내문화였다. 일이 있든 없든 회사에 남아 함께 저녁을 먹고 잔무를 처리하거나 간단한 술자리가 끝나고 나서야 진정한 퇴근이라 할 수 있던 시절이었다. 퇴근 후 어린이집에 아기를 찾으러 가야 했던 O는 칼퇴근 외에는 방법이 없었다. 같은 해에 출산한 직원이 팀내에 있었지만 그는 친정어머니의 도움으로 출산 전후 별다른 변화가 없는 사람이었다. 그 외에는 미혼이거나

아내가 전업주부인 남자 사원들이었다. 팀원들은 O의
사정을 이해하지 못하는 건지 이해하고 싶지 않았던 건
지, 팀에서 점점 묘한 분위기가 형성되었다. 그것은 소
외였다.

　　새로 출시되는 제품 준비로 팀이 한창 바쁠 시기였
다. 며칠째 야근이 이어지고 있을 때 남편 역시 야근이
불가피한 날이었다. 난처해하는 남편에게 팀장과 팀원
들은 한목소리로 말했다고 한다. 'O 씨가 보면 되잖아.
애는 엄마가 봐야지.' 당시 남편은 그런 분위기에 적극
적으로 대응하지 못했다. O는 남편의 야근을 위해 사정
을 말하고 팀에서 혼자 야근에 빠졌다. 이런 일이 있을
때마다 아이를 사무실에 데리고 와서 야근을 강행하기
도 했는데, 그것은 아이가 두 돌 때쯤에나 가능한 일이
었다.

　　일 년에 두 번 방학이 되면 어린집에서는 긴급보육
으로 아이를 맡겨도 된다고 했다. 그러나 방학을 다 보
내고 나서야 방학 내내 어린이집에 남겨진 아이는 O의
아들 혼자였다는 사실을 알고 나서는, 전처럼 긴급보육
을 맡길 수 없었다. 아침부터 저녁까지 덩그러니 혼자

어린이집에 남아 있었을 아들을 생각하면 가슴이 찢어졌다. 이후로 방학이 되면 최대한 가정보육을 하려고 노력했다. 그럴 때 늘 연차를 쓰는 건 O였다. 아이가 유행병에 걸려 가정보육을 해야 하는 경우 연차를 내는 쪽 역시 O였다. 같은 시간에 일어나 같이 출근하고, 같이 근무하고, 같이 퇴근하지만, 아이를 돌보는 일은 점차 O가 전담하게 되었다. 남편은 자상하고 부지런한 성격으로 육아와 집안일에 적극적인 사람이었지만 사회생활에 있어서만큼은 태도가 달랐다. 거역할 수 없는 룰이 지배하고 있었고 남편은 그 앞에서는 무력해졌다. 그것을 개선하려고 시도할 수 없는 것은 O도 마찬가지였다. 똑같은 조건일 경우 가정일에는 여자가 더 희생해야 한다는 인식이었고 아이는 아빠보다는 엄마가 보는 게 당연하다는 논리였다. 부당하다는 생각이 들었지만 그저 살아내기에 바쁜 나날들이었다.

탄탄하던 회사가 사업을 무리하게 확장하면서 휘청거렸고 구조조정의 바람이 불었다. 팀별로 인원을 줄이고 있었고 부서이동도 횡행했다. 기획팀에서는 유일하게 칼퇴근을 하고 자주 휴가를 냈던 O가 타깃이 되었던 걸까. 졸지에 기획팀에서 영업팀으로 보직변경이 떨어졌다. 아직도 이해할 수 없는 사실은, O의 인사이동에 대해 회사는 남편에게 상의하고 양해를 구했다는 점이었다.

"개발팀이던 남편에게 영업팀장이 잠깐 보자고 하더래요. 무슨 일인가 했더니 네 와이프를 기획팀에서 영업팀으로 데려올까 하는데 괜찮겠냐고 묻더래요. 당황스러웠지만 회사 분위기도 살벌한데 남편이 거기다 대고 뭐라고 하겠습니까? 알았다고 대답했죠. 저는 그 대화가 있고 난 후에야 제 인사이동에 대해 통보받게 되었어요."

9년간 제품기획을 하던 사람에게 하루아침에 발로 뛰며 영업을 따오라고 했다. 그것보다 힘든 점은 영업팀의 관례였다. 회사의 출근 규정인 8시보다 30분 앞당겨 출근해 회의를 한다고 했다. O는 이른 시간에 아이를 맡길 데가 없어 7시 30분까지 출근은 도저히 불가능하다고 입장을 이야기했지만 관례를 따르라는 답이 돌아왔다. O는 어린이집 원장님께 사정을 이야기하고 아이를 20분 일찍 등원시킬 수 있었다. 아이를 데려다주고 회의실에 들어가는 시각은 7시 45분. 그마저도 회의 중이라 허리를 숙이고 매일 죄인처럼 입장하는 꼴이었다. 어린이집의 근무자 역시 한 아이를 위해 출근을 20분 앞당기는 희생을 필요로 했다. O는 어린이집에 대한 송구스러움과 아이에 대한 미안함, 강경한 팀의 분위기, 새로 적응해야 할 일 사이에서 갈팡질팡하며 하루에도 몇 번씩 울음을 삼켰다. 버티는 사이 일 년이 흘렀다.

"팀을 옮긴 지 1년쯤 되었을 때 영업팀장이 남편을 다시 불렀어요. 회사가 어려워서 인원 감축을 피할 수 없는데 부부 사원이 우선 대상자다. 둘 중 한 명을 정리한다면 O가 그만둬야 하지 않겠냐고 했대요. 남편은 고개를 끄덕일 수밖에 없었죠. 그렇게 저는 또다시 남편보다 늦게 저의 퇴직권고를 듣게 되었습니다."

많은 사람의 기대와 축복 속에 시작했지만 그것이 그래프의 정점이었음을 알게 되는데 그리 오래 걸리지 않았다. 결혼을 채근하고 출산을 격려했던 그 많은 말은 다 어디로 사라졌을까. 아무렇게나 내뱉어져 어떤 책임도 지지 않고 공중으로 산산이 흩어져버렸다. 책임은 오로지 그들이 채근하던 선남선녀 커플에게 있었고, 부부 중 O에게 기울었으며, 부부 사이의 어린아이도 함께 짊어지게 되었다. 성대한 잔치는 끝났다.

코로나와 난임치료

       늦은 결혼에다 다낭성난소증후군을 겪고 있었기에 편안한 마음으로 아기를 기다릴 수는 없었다. 매달 생성되는 8~10개의 난포 중 성숙한 난포 하나가 배란되어야 임신을 하거나 생리를 할 수 있는데, B의 경우는 난포가 성숙하기 전에 모두 퇴화하여 배란이 없거나 불안정한 생리를 했다. 성인이 된 이후 지금까지 피임약을 복용하면서 정상 생리를 유지해 왔지만, 임신을 기다리는 입장에서 조금 더 적극적인 대응이 필요했다. 상담 끝에 산부인과에서 배란유도제를 처방받아 복용하면서 노력했지만 두 차례 모두 실패했다. 부부는 본격적으로 난임병원을 다니기로 했다. 관건은 직장생활과 난임치료를 병행할 수 있는가였다. 모자보건법 11조에 따라 난임치료 시술비 지원은 기준 중위소득 180% 이하에게 지급되므로 맞벌이 부부에게 적용되기는 쉽지 않았다. 난임 휴가는 법적으로 연간 3일 보장받는데 1일은 유급이고 2일은 무급공가로 처리된다고 했다. 시험관시술을 기준으로 한 번 진행할 때마다 5~6회 병원을 방문해야 했고 특히 난자를 채취한 날이나 시술 당일에는 절대 안정을 취해야 했다. 난임휴가가 일 년에 3일로 부족하다는 것은 너무나 자명했다. 무엇보다 난임휴가와 대체휴가, 반차 등을 원활하게 사용하기 위해서는 난임치료를 받는다는 걸 회사에 공식적으로 알려야만 한다는 부담감이 컸다. 불편한 사항이 한두 가지가 아니었지만 선택의 여지가 없었다. 아기를 만나기 위해 최선을 다하며 부딪혀보는 수밖에.

"난임시술을 결정한 여성들이 직장생활을 포기하는 경우가 많다고 알고 있어요. 두 가지를 병행하는 게 체력적으로나 정신적으로 매우 힘들기 때문이죠. 때마침 코로나로 인해 재택근무와 출근을 병행하게 되어 용기를 내게 되었습니다."

난임병원의 진료는 7시 30분부터 시작했다. 6시 40분에 병원에 도착해 진료표를 받아놓고 대기해야만 첫 번째 내지 두 번째로 진료를 보고 출근 시각에 맞춰 회사에 도착할 수 있었다. 난임병원의 오픈 시간이 다른 병원과 다른 이유일 것이다. 수시로 병원에 가야 하는데 그때마다 말을 하기에 난감해하거나 회사에 폐를 끼치기 싫은 사람들의 고충을 반영한 것은 아닐까. B는 나팔관조영술로 정자와 난자가 만나는 길이 막히지는 않았는지 검사하고 남편은 정자 검사를 했다. 기존에 보험적용이 되던 배란유도제가 부작용을 일으켰다고 판단하고 비보험으로 값이 비싼 다른 약을 처방받았다. 추가로 난포유도제를 주사하기로 했다. 호르몬 주사라 시간에 맞춰 주사해야 해서 자가주사를 해야 했다. 직장생활을 하면서 부담이 만만치 않았다. 알람 설정을 해 두었건만 업무 중에 수시로 시계를 들여다보게 되었다. 알람이 울리면 화장실에 가서 뱃살을 움켜쥐고 90도로 각도를 유지해 그 자리에 주삿바늘을 꽂았다. 그리고 상당한 복부 통증을 견뎌야 했다. 이 주사의 후유증이라 했다. 자가주사를 맞고 며칠 후 시술을 하게 되는데, 시술을 받으면 절대 안정을 취해야 했기에 그 날은 피치 못하게 반차를 써야 했다. 예상은 했지만 아랫배와 꼬리뼈까지 이어지는 통증으로 집에서도 절대안정을 취할 수 있는 상황이 아니었다. 시간이 흐르고 임신테스트기를 체크했지만 결과는 좋지 않았다. 1차 인공수정 실패.

2차, 3차 실패를 겪는 동안 배란유도제 부작용, 난포주사 부작용, 질정 부작용을 골고루 겪었다. 그 과정에 두통과 복부 통증에 미식거리는 증상과 소화불량에 시달리며 항생제와 스트레스로 위염과 장염까지 겪었다. 몸이 종일 무거웠고 피곤한 상태가 이어졌지만 그런 것쯤이야 극복할 수 있었다. 무엇보다 몸살을 앓는 것은 가장 중요한 난소였다. 난소가 부어 제 기능을 못해 한두 달 쉬어가기도 하고, 갑자기 생긴 용종을 제거하고 지켜보느라고 쉬어가기도 했다. 이때는 자연임신조차 시도할 수 없으니 시간이 너무 아깝다는 생각에 애가 탔다. 모든 것이 야속하고 답답한 심정뿐이었다. 인공수정 3회를 겪는 동안 일 년이라는 시간이 훌쩍 지났다. 이제 남은 선택지는 시험관시술이었다.

인공수정이 체내수정이라면 시험관시술은 체외수정으로 배양해서 이식하는 방식이다. 난자를 채취하는 과정이 추가되는데 체력적으로 굉장히 힘든 일이었다. 건강한 난자를 위해 고가의 영양제를 처방받았다. 면역수치가 높으면 이식된 수정란을 몸이 받아들이기 힘들 수 있기에 면역수치를 낮추는 약을 먹었다. 인터넷 카페 글 중에서 인공수정 3회 실패 후 시험관시술로 넘어가는 방식으로 시간 낭비하지 말고, 바로 시험관시술을 권했던 이유를 알게 되었다. 몸이 몇 배는 힘들지만 확률이 높은 시험관시술을 바로 받으라는 것이다. 그러나 몸이 덜 힘들고 자연임신에 가까운 인공수정에 성공하는 사례도 많으니, 인공수정부터 노력해보자는 입장도 이해가 갔다. B의 경우가 그랬으니까.

힘겨운 시간 끝에 드디어 임신테스트기에서 두 줄을 보았다. 그러나 안심하기엔 아직 일렀다. 매일 아침 임신테스트기를 들여다보면서 기뻐하다가 날이 갈수록 두 줄이 희미해지면서 낙담하게 된 경우를 여러 차례 경험했기 때문이다. 임신이 되려다 실패한 경우라고 할 수 있다. 이른 기대는 삼가도록 노력하면서 매일 아침 떨리는 마음으로 임신테스트기를 했다. 그리고 며칠 후 병원에서 임신 확인을 받았고, 후에 아기의 심장 소리를 확인하고 나서야 진짜 임신을 실감하게 되었다. 그렇게 난임치료를 시작한 지 1년 5개월 만에 임신에 성공하게 되었다. 주어진 난임 휴가 3일에 대체휴가를 쓰고 반차를 자주 쓰기는 했지만, 이 과정을 무사히 버틸 수 있었던 것은 코로나 덕분이었다.

"2019년부터 난임지원요건에서 연령제한이 폐지되었죠. 일부 대기업에서는 자체적으로 난임휴가를 늘리면서 여건이 개선되고 있다고 하고요. 그럼에도 지금의 정책은 출산을 장려한다고 하기엔 부족한 점이 많다고 생각해요. 남성의 난임휴가와 탄력근무제가 확대되어야 하고 기업과 사회 차원에서 난임에 대한 이해가 수반되어야 한다고 생각해요. 온 세계가 코로나로 혼란과 공포에 쌓여있었던 이때, 우리 부부는 임신에 성공하고 경력단절을 면할 수 있었습니다. 아이러니하게도 코로나 덕을 봤다고 할 수 있어요. 코로나로 재택근무가 권장되었기에 병원에 다니기가 수월했고, 약물 부작용이나 시술 후 고통에 적절하게 대처할 수 있었기 때문이죠. 그런데 다들 이제 시작이라고 하더군요. 출산 후에도 경력단절의 기회는 얼마든지 찾아온다고요. 최선을 다해서 지켜 내 보겠습니다. 난임도 극복했는데요."

응원이 필요한 시간 9 to 12

K는 초등학교에서 계약직 영양교사로 근무 중이다. 아침 6시에 일어나 출근 준비를 하고 나면 2학년, 1학년 연년생 아이들의 등교 준비를 도와줄 돌봄 선생님이 6시 40분에 온다. 나란히 잠든 아이들의 얼굴을 가만히 쓰다듬은 후 출근길에 나선다. 학교에 도착하면 가운을 갈아입고 조리종사원의 위생을 관리하고 조리 세부사항을 감독하며 위생안전교육을 진행한다. 점심시간이면 급식은 잘 되고 있는지 아이들이 골고루 잘 먹는지 살핀다. 식단을 짜고 학생들을 대상으로 영양교육을 진행한다. 4시 반쯤 퇴근해 학교 돌봄 교실에서 아이들을 찾아 집으로 돌아온다. 근처에서 간단히 식료품을 사고 저녁을 지어 아이들의 식사를 챙긴다. 씻기고 숙제를

봐주고 한숨 돌리고 나면 그녀의 두 번째 하루가 시작된다. 저녁 9시. K에게 가장 응원이 필요한 시간이다.

식탁 위 생활의 흔적들을 닦아내고 두꺼운 교재를 펼친다. 각자 할 일을 하고 있던 아이들이 엄마 곁에 모여들어 이것저것 간섭하기 시작하는 시간이기도 하다. 책과 필기구를 뒤적이고 낙서를 한다. 간식을 요청하기도 하고 오늘 일과에 대해 이야기한다. 눈은 책에 가 있고 귀는 아이의 말을 향한다. 무엇에도 집중할 수 없이 허둥대는 동안 시계는 무심히 10시를 가리킨다. 잠자리를 두고 작은 설전이 벌어진다. 내일을 위해 잠자리에 들라는 엄마의 잔소리. 엄마와 함께 잠들고 싶다고 투정하는 아이. 엄마와 함께 깨어있고 싶다고 버티는 아이. 같이 누우면 금세 잠들어 버려서 공부 시간을 잃어버린다고 설명하는 엄마. 지금 잠자리에 들지 않으면 내일 학교에 지각하고 피곤할 거라며 반복되는 설명. 매일 거듭되는 실랑이가 끝이 보이기 시작하면 어느새 11시. 아이들의 이부자리를 고쳐주고 다시 식탁에 앉는다. 온 집안의 고요는 소름 끼치도록 생소하고 짜릿하다. 그것은 이내 묵직하게 그를 짓누른다. 어디까지 했더라. 함부로

헝클어진 책장을 뒤적여 시작했던 페이지를 간신히 찾아낸다.

"임용고시를 준비하고 있어요. 영양과 전공 8과목에 교육학 8과목입니다. 올해 영양교사 티오가 8명 났더라고요. 나쁘지 않죠. 그러나 주말부부로 지내면서 남편의 도움 없이 일과 육아와 공부를 병행하는 저에게도 나쁘지 않다고 할 수 있는지 잘 모르겠습니다. 언제까지 이렇게 전념하지도, 깨끗하게 포기하지도 못하는 공부를 지속해야 할까요."

K는 2003년에 식품영양학과를 졸업하고 곧바로 취업했다. 모 초등학교의 영양사공무원이 출산휴가를 떠난 자리에 배정된 6개월짜리 일자리였다. 1993년도에 영양사라 불리는 식품위생직 9급 공무원을 전국적으로 대거 뽑았다. 그 인원들이 각 학교에 한 명씩 배치된 이후에는 10년간 정규직 자리가 좀처럼 나지 않았다. 당연한 수순으로 시험 역시 시행되지 않았다. 그가 졸업한 2003년 전후의 졸업자들이 대부분 그런 이유로 기회조

차 얻지 못하고 비정규직 처지에 있었다.

그러다 2007년 전국의 고등학교가 위탁급식에서 직영급식으로 바뀌면서 영양사공무원이 영양교사직으로 전환되었다. 기존의 영양사공무원들은 나라에서 지정한 추가시험을 치른 후 영양교사 자격을 취득했다. K는 그즈음 발맞추어 영양교육 대학원에 들어가 교원자격증을 땄다. 현재는 학부에서 교직 이수가 가능하고 교원자격증까지 취득할 수 있지만, K가 대학에 다닐 때는 그 과정이 없었기 때문에 돈과 시간을 추가로 들여야만 했다. 석사졸업을 하고 정식 영양교사가 되기 위해 임용고시를 준비해야 할 시점에 K는 결혼과 출산을 겪었다. 육아를 하면서 임용공부가 중단되고 경력이 단절된 5년의 시간을 보냈다. 작은아이가 3살이 되던 해, K는 한 초등학교의 계약직 영양교사로 복귀하게 되었다. 1년짜리 자리였다.

"함께 아이를 키우다가 홀연히 출근하게 된 저를 보고 이웃 엄마들이 '능력 있다', '일복이 많다', '전문직 여성이다'라며 부러워했어요. 육아로 몇 년간 경력이 단절되어도 보란 듯이 일자리를 얻었고, 방학은 아이들과 함께 보낼 수 있으면서 또 월급도 나오니까. 일반 회사보다 퇴근이 빨라 아이들 돌보기도 좋다고요. 틀린 말은 아니지만 제 마음은 또 그렇지 않아요. 계약이 끝난 후 거처에 대해 걱정합니다. 늘 불안하죠. 정규직이 되고 싶은데 임용시험에 집중할 수도 없고 그렇다고 아예 단념할 수도 없어요. 시간적으로나 체력적으로나 한계를 느낍니다. 그 끝에는 자책이 따릅니다."

밤 11시. 진도는 크게 나아가지 못했다. 시계는 무심히 흘러 12시를 가리킨다. 피로가 밀려오고 눈이 감긴다. 12시를 조금 더 넘기려고 버티다가 결국 쓰린 마음으로 책을 덮는다. 내일의 컨디션을 고려하지 않으면 더 큰 후회가 찾아올 것을 알기에. 계획과 진도 사이의 격차를 확인하고 한숨을 내 쉰다. 그의 '9 to 12'는 오늘도 답답함으로 얼룩졌다.

"10년 먼저 태어났다면, 10년을 뒤에 태어났다면.

이런 상상해 본 적 있어요? 저는 하루를 마감할 때 자주 합니다. 10년만 일찍 태어났다면 9급 공무원이 되어 안정적으로 일하고 있었을까? 10년만 늦게 태어났다면 따로 대학원에 투자할 필요 없이 대학교에서 교원자격증을 따고, 티오가 몇 명이 되었든 온몸을 다해 임용 하나만 바라보고 공부할 수 있었을까 하고요. 물론 전제는 대학을 갓 졸업한 미혼의 나로 둡니다. 육아, 집안일, 생계. 아무것도 생각하지 않고 시험 하나에만 매달리는 나요. 돌봄의 의무를 지닌 보호자, 조직을 구성하는 직장인, 발전을 위해 목표를 잃지 않는 개인. 모두 저예요. 이 중첩된 역할들마다 각기 응원이 필요한 것 같아요. 그중 특별히 응원이 필요한 시간은 단연 9 to 12 라고 할 수 있죠."

딩펫족입니다

친구와 저녁 약속을 마치고 돌아온 남편이 C에게 물었다. "나는 우리가 당연히 아이 없이 사는 게 맞다고 생각해왔는데. 네 생각을 정확히 들어본 적이 없는 것 같아. 너는 어떻게 생각해?" 친구와의 가벼운 술자리에서 2세에 대한 이야기가 나왔고, 정확히 합의하고 내린 결정이냐는 친구들의 물음에 남편은 당황했다고 했다. 오랜 연애 기간을 포함해 결혼 2년 차가 되기까지 서로의 의중을 대략적으로 파악하고 있을 뿐 본격적으로 이에 대해 상의한 적은 없었다. 예전부터 남편이 아이를 낳을 생각이 없다는 걸 잘 알고 있었지만 C는 언제나 가능성을 열어두고 있었다. 늘 아이가 있는 삶과 아이가 없는 삶을 저울질하면 아이를 가지고 싶다는 쪽으로 조금 더 기울었다. '살아가는 데 당연한 것들' 리스트에 출산과 육아가 자리 잡고 있었기 때문이다. 다만 지금은 아니라는 마음으로 미루고 있었을 뿐. 늘 일에 쫓기고 퇴근 후엔 녹초가 되어 몸과 마음을 추스르는 일상에서, 육아는 차치하더라도 임신과 출산을 어떻게 끼워 넣어야 할지 모른 채 시간이 흘러왔다. 내년이면 C가 마흔이 되는 해였다.

"이제는 명확히 할 때가 왔음을 알아차렸어요. 제 나이가 있으니까 5년, 10년을 이대로 살다 보면 몸은 출산과 멀어질 테고, 만약 뒤늦게 아이를 원하게 되었을 때 후회하는 것은 원하지 않으니까요. 유보해 왔던 결정을 마무리 짓고 그에 대한 책임을 예상해야겠죠."

그간 주변에서 적지 않은 조언을 들어왔다. 아이 없이 평생을 부부 둘이서 사는 것은 관계가 지속될 수 없다, 노년이 되면 외로울 것이다, 아이를 낳아야 진짜 어른이 된다, 아이가 주는 기쁨은 말로 다 못한다, 이런 저

출산 시대에 몸에 문제가 있는 것도 아니고 책임을 져버릴 수 있냐 등. C는 참 이상하다고 생각했다. 아이가 없는 삶과 아이가 있는 삶을 동시에 끝까지 살아본 사람은 그 누구도 없는데, 조언이라며 건네는 확신과 확언들은 대체 어디서 나오는 걸까. 중심을 잡으려 해도 아무렇게나 쏟아지는 말들은 때때로 C를 불안하게 했고 비난이 되어 꽂히기도 했다. 그럼에도 흔들리지 않고 똑바로 서서 판단해야 할 이유는 분명했다. 퇴직한 양가 부모님의 생활비, 전세에서 매매로 갈아탄 집 앞으로 남은 대출금, 유학을 다녀온 후 광고회사에 12년째 재직하면서 차장의 자리에 오르기까지 이루어 놓은 것들을 생각하면 그랬다.

"벌써 초등학생 학부모가 된 친구가 제게 늘 농담 삼아 하는 말이 있어요. '나의 커리어우먼! 내 몫까지 최선을 다해줘.' 육아 때문에 어쩔 수 없이 전업주부가 된 친구의 아쉬운 마음이 이해됩니다. 그런데 커리어우먼이라는 말 자체가 좀 말이 안 되죠. 여성이 커리어를 쌓는 것을 특별하게 여기는 구시대적

언어라고나 할까요. 커리어우먼은 없다고 생각해요. 중의적인 의미로요. 전업주부가 되어 힘들어하는 친구들, 일과 육아 사이에서 고충을 겪는 동료들을 숱하게 봐 왔어요. 그런 의미에서도 커리어우먼은 없다고 생각합니다."

부부는 강아지를 입양하기로 했다. 검회색 솜뭉치, 까맣고 반들거리는 눈망울이 자꾸만 눈에 밟히는 아이였다. 털이 검은 데다 잡종이라는 이유로 입양하겠다는 이가 없어 유기견 보호센터에 가장 오래 머물고 있는 아이라고 했다. 부부는 며칠간의 고민 끝에 새 가족을 맞이하기로 했다. Double Income, No Kids. 의도적으로 아이를 두지 않는 맞벌이 부부를 일컫는 딩크족에서 반려동물을 키우는 딩펫족이 빠르게 증가하는 추세라더니, C 부부도 딩펫족에 합류하게 된 셈이다. 부부는 본격적으로 강아지를 맞을 준비를 했다. 배변훈련법, 목욕법, 강아지의 식사와 산책 등을 공부했고, 반려견을 위한 여러 가지 물품도 구입했다. 강아지가 가족이 된 날 이름을 '후추'라고 지었다. 후추는 잘 적응하는 듯했지만 부부가 출근하고 빈집에 남겨진 시간을 힘들어했다. 배변을 정해진 자리에 하지 않고 휴지나 쿠션을 물어뜯기도 했다. 퇴근하고 돌아온 부부는 후추의 불안감을 덜어주기 위해 적극적으로 사랑을 표현해 주었다.

후추의 배변습관을 잡는 일은 생각보다 쉽지 않았다. 퇴근 후 집에 돌아오면 집안 곳곳에 있는 배설물을 치우는 데 많은 시간이 소요되었다. 때로는 화가 나고 지치기도 했지만 감정을 추스르고 노력했다. 반복해서 알려주며 격려했다. C는 한 생명을 길러내기 위해 많은 희생과 노력이 필요하다는 걸 다시 한 번 깨달았다. 유능한 친구들이 출산과 육아로 경력단절이 된 사례, 직장생활과 육아를 동시에 해내는 동료들의 고충을 다시 한 번 상기했다.

"결론을 내렸어요. 지금의 라이프를 유지하는 것이 인생 최대의 목표라고요. 각자 열심히 일하고, 퇴근 후 강아지를 돌보고, 함께 대출금을 갚고, 여가를 위해 적당한 지출을 하고, 양가 부모님께 생활비를 드릴 수 있는 지금의 상태가 딱 좋아요. 이번 일을 계기로 제 마음을 똑바로 들여다보게 되었어요. 출산과 육아로 이 균형이 깨지는 것을 극도로 경계하고 있었다는 걸요. 우리와 비슷한 고민을 하고 비슷한 결정을 하는 커플이 늘어나는 추세라고 하죠. '살아가는 데 당연한 것들'은 사람마다 다를 수 있다는 걸 다시 한 번 생각하게 됩니다."

아프리카 다방으로 오세요

김 : 자기소개를 부탁드립니다.

이 : 안녕하세요. 저는 아프리카 다방을 운영하는 이윤주입니다.

김 : 아프리카 다방은 어떤 곳인가요?

이 : 영화 〈아웃 오브 아프리카〉에서 해 질 녘 오렌지빛 들판을 보고 깊은 감명을 받았어요. 자연은 아무것도 하지 않고 그 자체로 평온과 위안을 주는구나 하고요. 그리고는 지역 맘카페를 통해 인문학 모임을 열게 되었고 그 장소는 우리 집 거실이 되었습니다. 모임이 열리

는 이곳을 아프리카 다방이라고 부르기로 했습니다.

김 : 모임을 어떻게 열게 되었나요?

이 : 제가 늦게 결혼해서 아이도 늦게 낳았어요. 귀하게 얻은 아이를 위해 헌신적으로 뛰어다녔죠. 좋다는 교육은 다 찾아서 시켰어요. 이 경험들이 아이가 자랐을 때 선택의 폭을 넓혀 줄 거라는 믿음이 있었고, 이것이 좋은 엄마의 도리라고 믿었죠. 그런데 엄마의 바람대로 묵묵히 해내던 아이의 마음이 한없이 곪고 있었다는 걸 뒤늦게 알게 되었어요. 그 일로 가족 모두 마음고생을 많이 했었어요. 이 실패와 좌절을 어린아이를 키우는 젊은 엄마들과 나누고 싶었어요. 그 과정 중에 책을 도구로 삼기로 했습니다. 함께 읽고 나누며 같이 성장하기를 바랐죠. 그렇게 아프리카 다방은 7년째 운영되고 있습니다.

김 : 어떻게 운영되고 있나요?

이 : 초창기부터 지금까지 함께한 메인 인문학 그룹이 있고요. 연간계획을 세워서 도서를 선정하고 중간에 쉬어가는 의미로 그림책 읽기나 글쓰기도 함께 하고 있습니다. 그 외에 일회성으로 주제토크 모임이 있는데 선착순으로 참가자를 받아서 열어요. '왜 아이에게 책을 읽히십니까', '당신에게 3년이라는 시간이 허락된다면', '비 오는 수요일에는?' 등 다양한 주제를 던져요.

김 : 코로나 시대 이후 모임에 많은 제약이 있을 거 같은데요.

이 : 원래는 테이블에 둘러앉아 커피와 다과를 나누며 삶도 나누고 책도 나누고 했었는데요. 코로나로 한자리에 모이기가 힘들어져서 고민을 하다가 카톡 상에서 모임을 운영하게 되었어요. '달빛강가'라는 이름의 모임인데 주 1회씩 한 달간 총 4회의 모임으로 완결됩니다. 재미있는 점은 가상의 나로 활동해야 한다는 게 이 모임의 룰입니다. 70대 노인으로 자신을 설정한 사람, 로또 당첨된 20대 여성으로 등장하는 사람 등. 심지어 FBI 요

원도 있어요. 가상의 인물로 책을 읽고 나누는 방식입니다. 이 모임이 제법 인기가 있어서 현재 9회 차까지 이어지고 있어요.

김 : 주로 어떤 분들이 참여하나요?

이 : 간혹 방학을 맞은 학교 선생님이나 야간근무를 하는 간호사, 갓 결혼한 새댁 등도 참여하긴 하지만, 아무래 전업주부의 참여율이 절대적이죠. 특히나 마음이 힘든 사람, 기댈 곳이 필요한 사람, 마음의 갈증을 해소하고자 하는 분들이 많이 찾아옵니다. 주부들이 각자 괴로움에 매몰되어 토해내는 삶의 어려움은 함부로 위로하거나 건드릴 수 없는 부분입니다. 그럴 때마다 그랬구나, 힘들었구나, 애를 썼구나 하고 반복해서 말해줍니다. 진심을 다해서요. 그러면 대부분 눈물을 쏟아요. 억눌러왔던 고통이 조금이나마 해소되는 과정이라고 보는데요. 이 과정에서 책이 도구로 작용합니다. 우리의 마음을 열고 생각하게 하고 소통하게 하는 매개체죠.

김 : 아프리카 다방은 이윤주 님에게 어떤 의미인 가요?

이 : 게스트로 참여한 분이 있는데요, 시작부터 눈물을 흘리며 자기 이야기를 털어놓았어요. 결혼 후 임신과 함께 퇴사했고, 집에서 아이만 보고 산 지 5년 차인데, 자신이 쓸모없다고 느껴왔다고. 용기 내어 모임에 신청했는데 시작하기도 전에 알 수 없는 감정에 눈물을 보여서 미안하다고 했어요. 이 광경에 익숙한 멤버들은 고개를 끄덕이며 게스트를 도닥였습니다. 주어진 책에 대해 각자 발제하고, 자신의 생활에 어떻게 적용해 보았는지 경험담을 말했어요. 모임이 막바지를 향하고 있었는데, 오늘의 소감을 물으며 다시 시선은 게스트에게 집중되었죠. 그는 한결 밝아진 얼굴로 아주 뜻깊은 시간을 보냈다고, 아무것도 아닌 것 같은 자신에게서 벗어나 읽고 생각하고 실천해야겠다는 생각이 들었다고 했어요. 그럴 때마다 보람을 느끼죠. 제가 읽고 나누고 털어놓고 싶어서 시작한 이 모임이 7년째 지속할 수 있었던 건 저도 모임을 통해 많은 에너지를 받기 때문이에요. 장기적

으로든 단기적으로든 참가한 주부들이 잠깐의 해방감이나 생활의 원동력, 자극 등을 얻어가는 것을 보면 저도 배우는 게 많습니다.

김 : 모임의 방향성이나 앞으로 바라는 점이 있다면요.

이 : '내가 잘하고 좋아하는 것은 아끼지 말자'라는 게 제 생각이고요. 작은 포말이 모여 더 큰 파동을 이루어 내듯 지금은 제가 인문학 모임을 주최하고 있지만, 저와 처음부터 함께해온 멤버들이 각자 읽고 나누는 모임을 만들어 운영한다면 이 세상에 소통의 장이 조금 더 생겨나지 않을까요. 그런 소박한 확장을 꿈꾸고 있습니다.

김 : 네. 좋은 말씀 감사합니다.

이 : 감사합니다.

아프다고 말하기를 누가 금기하는가

새벽 5시 30분, 서울 행 열차에 몸을 실었다. 집에서 나서기 전까지 붙잡고 있던 논문을 꺼내 들었지만 쏟아지는 졸음을 이기지 못하고 잠에 빠져들었다. 간헐적으로 이마에 부딪히는 차가운 감촉에 소스라치며 잠을 깬다. 희뿌연 시야에 들어온 것은 대전역 플랫폼. 헝클어진 머리를 매만지고 다시 논문을 손에 들었다. 부산에서 첫차로, 서울에서 막차로 왕복하기를 일주일에 두 차례. 출산 후 몸을 추스르자마자 시작한 일이었다. 모유를 유축해가며 강행했고 때론 새벽에 덩달아 깨어 우는 아이를 떼 내어가며 여전히 진행 중인 루틴이다. 그러는 동안 친정엄마는 주름이 늘었다.

D는 박사과정 4학기까지 왔고 아이는 자랐다. 아이

는 엄마가 책이나 종이를 들여다보는 것을 무척 싫어하는, 엄마가 새벽에 나가 잠이 들도록 오지 않는 날을 가장 싫어하는, 엄마가 화상회의 하는 시간에 훼방을 놓는, 엄마가 집에 있는 날에는 어린이집에 가기를 거부하는 두 돌배기 아이가 되었다. 어제의 일을 상기하면 절로 한숨이 나왔다. 곤히 낮잠이 든 아이를 확인하고 조용히 침실을 빠져나왔다. 곧 있을 화상미팅을 준비하기 위해 자료를 챙겨 컴퓨터 앞에 앉았다. 박사과정 연구실 전원이 일주일에 두 번 각자의 공간에서 만나는 시간. 두 번째 발표가 이어지고 있는데 건너방에서 아이의 울음소리가 들린다. 얼른 뛰어가 우는 아이를 달래며 품에 안고 돌아와 자리에 앉았다. 턱밑에 안긴 아이가 화면에 담기지 않도록 카메라의 각도를 위로 조정했다. 잠이 덜 깬 아이가 이대로 얌전히 있어 준다면 좋겠다.

D의 발표순서가 곧 다가온다. 엄마가 부산해지자 아이가 떼를 쓰며 카메라 안으로 손과 얼굴을 들여놓기 시작했다. 회의에 아이가 함께 참석하고 있음을 알리고 싶지 않았는데 오늘도 실패다. 연구실 사람들은 회의를 멈추고 모두 손을 흔들며 아이에게 인사를 해 주었다.

"안녕", "안녕", 정작 D는 안녕하지 못하다. 누구도 뭐라고 하지 않지만 자기 때문에 흐름이 끊기고 진행에 공백이 생기는 상황을 견디기 힘들었다. 교수님과 선후배에게 폐를 끼치는 것 같아 매번 면목이 없다. 식은땀을 닦으며 발표는 마무리되었고 곧 회의는 끝났다.

"정말 미안하고 나쁜 표현이란 걸 알지만 발목 잡혔다고들 하죠. 저는 지금 그런 상태에요. 덕분에 연구와 육아와 가정 중에 그 무엇에도 집중하지 못하고 있습니다. 그야말로 육아에 발목 잡혔어요."

고등학교 입시 시절, 학교는 D의 적성과 관계없이 간호학과를 추천했다. 서울대 입학생을 한 명이라도 더 확보하고자 하는 학교의 바람대로 D는 서울대 간호학과에 입학하게 되었다. 전공에 마음을 붙이지 못한 D는 현직에 몸담기보다 공부를 계속해 교수직을 목표하게 되었다. 석사가 끝날 즈음 결혼을 약속한 D는 미국으로 유학을 떠날 예정이었다. 그런데 갑자기 아버지의 건강이 급격히 나빠졌고, 병상에 누운 아버지를 바라보던 D는 아버지게 손주를 안겨드려야 하는 건 아닌지 깊은 고민에 빠졌다. 이 분야에서 교원을 꿈꾸는 사람의 임신 적령기는 석사 박사를 마치고 시간강사 경력을 다 채운 후라고 모두가 입을 모았다. 어림잡아도 마흔을 훌쩍 넘어야 출산이 가능하다는 말이다. D는 노산의 위험성을 이론과 임상으로 누구보다 잘 알고 있었다. 그렇게 D는 미국유학 대신 임신을 선택하게 되었다. 신생아 중환자실에서 실습한 터라 자신이 아기들을 얼마나 예뻐하는지 잘 알았고, 간호사 경험으로 아기 돌보는 일에 자신 있기도 했다. D는 임신에 성공했고 친정이 있는 부산에서 출산을 하기로 했다. 출산 후 조리원에 있을 때 외출계를 쓰고 서울 행 KTX를 탔다. 박사과정 면접을 치러야 했기 때문이다.

"석사졸업과 박사의 시작 사이에 너무 많은 일이 일어나 휩쓸리듯 지나왔죠. 출산 후로 아기와 함께 부산의 친정집에 들어와서 살고 있습니다. 주 2회 서울행과 잦은 화상회의, 밤샘연구를 지속할 수 있었던 건 친정어머니의 온전한 헌신으로 가능했어요.

그리고 울산에서 숙식하며 주말부부로 지내는 남편의 도움도 큽니다."

　최근 들어 어린이집에 가기를 거부하는 아이와 함께 지내느라 낮에는 작업을 전혀 진행하지 못했다. 아이가 잠든 밤에야 책상 앞에 앉을 수 있었다. 새벽 4시가 되어야 자리를 정리하고 새근거리는 아이 옆에 누워 아이의 얼굴을 바라본다. 평온한 아이의 날숨과 들숨을 느끼며 온갖 복잡한 생각이 머리를 어지럽힌다. 사랑하고, 미안하고, 사랑하고, 사랑하지만… 나는 지금 뭘 하고 있는가. 연구실의 선배를 떠올린다. 박사과정 막바지에 출산하고 마지막 학기를 보내는 선배는 6개월 된 아이를 아기 띠에 매달고 출근한다. 8시간을 꼬박 그 상태로 연구를 진행하는 선배와 선배의 아기를 생각한다. 바닥을 기며 한참 팔과 다리에 힘을 기르고 온갖 것을 탐색하고 놀아야 할 아기를 생각한다. 8시간 동안 엄마 가슴에 매달린 채 아기용 영상을 보거나 잠을 자야만 하는 6개월 된 유아를 생각한다. 임신으로 어긋난 장기와 늘어난 뼈가 제 자리를 잡아야 할 시기에 일정량의 무게를 장시간 버텨내야 하는 선배의 신체에 대해 생각한다. 아기와 자신 사이에서 어떤 심정으로 버티는지, 이 강행군을 얼마나 지속할 수 있을지, 선배의 멘탈에 대해서 생각한다. 그의 상황보다 내가 나은 걸까. 아니, 그가 나은 걸까. 의미 없는 저울질을 하다가 피식- 쓴웃음을 삼킨다. 그리고 곧 생각이 스친다. 이렇게까지 해야 하나. 여기서 손만 놓아버리면 모든 것이 끝날 수 있는 아슬아슬한 생각. 이렇게까지 해야 하나.

"연구실 선배와 무의식중에 자주 나누는 말은 '발목잡혔다'에요. 그런데 우리는 약속한 것처럼 누가 들을까 목소리를 낮추고 전제를 답니다. '이런 말 좀 그렇지만...' 아이 때문에 나로 사는 게 힘들다고 말하는 게 왜 그렇게 힘들까요?"

D의 연구주제는 자연스럽게 바뀌고 있다. 간호사-엄마-아기 간 신뢰 관계에 관한 연구, 수면 교육에 관한 연구, 양육에서의 분노조절에 관한 연구를 하다가 최근에 방향을 바꾸었다. 최근 주제는 모성정체성이다. 아

이 앞에서 미안하고 죄스럽고 마냥 불안한 것이 나만의 문제일까. 전 세계 모성은 같은 형태일까. 한국 사회 특유의 집단 모성정체성은 무엇일까. 나는 어디로 가고 있나. 이 길은 맞는 걸까. 이 불안과 책임감은 본래 주어진 것인가 사회적인 프레임인가. 아직 딸과 딸의 아이까지 헌신적으로 돌보는 친정엄마의 현재진행형 모성은 나에게 어떤 부담감을 안겨 주는가. 아이 때문에 힘들다는 말을 뱉는 것은 왜 이렇게 힘들까. 논문은 D의 일상 앞에 던져지는 질문에 대한 답을 구하기 위한 과정일지도 모른다.

"발목을 잡는 것은 아이가 아니에요. 육아도 아니에요. 힘들다고 표현하고 이해를 구하고 도움을 청하기 어려운 상태가 발목을 잡습니다. 발목을 잡는 것은 사회입니다. 우리 모두에요. '너무 미안하고', '너무 나쁘고', '너무 죄송스럽지만'. 고통 앞에 붙이는 전제들을 상기하며 질문을 던지고 싶습니다. 아프다고 말하기를 누가 금기하는가."

노준석 작가로부터

보낸사람 : 노준석

받는사람 : 김 정

제목 : 요청하신 질문에 대한 답신 드립니다.

안녕하세요. 서면으로 인사드리게 된 노준석 작가입니다.

저는 올해 마흔한 살이고 설치미술 작업을 하는 작가이자 19개월 된 아이의 아버지입니다. 여성의 경력단절에 관해 이야기하기에 앞서 저의 경험을 먼저 말씀드리고 싶습니다. 저는 대학 시절 나가사키로 교환학생을 갔던 경험이 있습니다. 나가사키에서 공부하던 시절은 지역과 함께하는 예술, 역사와 삶이 녹아있는 예술에 대해 보고 배웠던 시간이었습니다. 저는 그때 알게 되었습니다. 제2차 세계대전 당시 나가사키 지역의 원자폭탄 피폭으로 많은 민중의 삶이 위기를 맞았고 지금까지도 그 고통은 계속되고 있다는 사실을요. 대부분 나가사키 하면 짬뽕과 카스테라가 유명하다고 먼저 떠올리는데 저도 그런 사람 중 한 명이었습니다. 또 대부분 피폭 지역으로 히로시마를 먼저 떠올립니다. 첫 번째 피해지역이기도 하고 대도시이면서 피해 규모가 크기 때문에 나가사키보다 히로시마가 주목받습니다. 저는 나가사키에 살고 경험하면서 새로운 것들을 보게 되었습니다. 1945년 8월 9일 그날로부터 지금까지 고통받는 사람들, 그 후손들, 한편으론 역사를 잊지 않기 위해 노력하는 사람들, 그들과 함께하는 많은 예술인을 보았습니다.

그리고 저는 한국으로 돌아왔고 몇 년 후 결혼했습니다. 아내는 저와 같은 설치미술가이고 생업을 위한 직업을 가지되 예술 활동을 지속하는 삶에 대해 고민하는 사람입니다. 돈이 안 되는 예술 활동을 지속할 것이냐, 다 놓고 취업을 할 것이냐, 양자택일을 해야 한다고 생각해왔던 저는 아내 덕에 새로운 시각을 가지게 되었습니다. 아내는 작은 옷가게를 열었습니다. 가게를 운영하면서 작업을 병행했는데, 서두르지 않고 천천히 확장해 나가면서도 중요한 전시들은 놓치지 않고 준비하는 아내가 존경스러웠습니다. 아내는 삶과 예술을 구분 짓지 않고 모두 아우르는 예술가였습니다.

우리는 각자 일정 금액을 부담해 월세와 생활비를 해결하면서 최소한의 소비로 살았습니다. 각자의 일과 작업에 매진하며 행복한 신혼을 보냈습니다. 그리고 결혼 3년 만에 아기가 생겼습니다. 아내는 배가 점점 불러왔기에 가게를 운영할 수가 없었고 작업도 조금씩 손에서 놓게 되었습니다. 조산사 선생님을 모셔서 집에서 자연출산을 했습니다. 대부분 병원에서 출산하고 산후조리원에서 몇 주간 몸을 회복하는 방식이지만 우리 부부는 가정출산을 선택했고 제가 작업을 중단하고 아내 옆에서 6개월간 육아를 함께 하기로 했습니다. 그동안 출산지원비와 시에서 나오는 출산 축하금, 매달 아이 앞으로 나오는 지원금 등은 수입이 없는 우리 가정에 많은 도움이 되었습니다. 평소 워낙 소비를 최소화하기도 했고 제가 일을 중단하며 육아에 참여할 수 있었기에 가능한 일이었다고 생각합니다.

　외아들로 자라서 여성의 몸과 처지에 대해 고민해 볼 필요를 느끼지 못했는데, 아내의 임신과 출산 육아는 저의 많은 부분을 바꾸어 놓았습니다. 아이를 잉태하고 출산하기까지 자라나는 아이의 공간을 위해 장기가 재배치되고 뼈의 간격이 늘어나고 호르몬이 뒤바뀐다는 사실에 무척 놀랐습니다. 두 생명이 하나의 몸에 함께 존재한다는 건 제가 상상하기 힘든 부분이었습니다. 가정 분만으로 처음부터 끝까지 출산 과정에 참여하면서 조산사 선생님이 요청하는 대로 아내를 열심히 도왔습니다. 손을 잡아주고 부축하고 함께 있어 준 게 다였지만 아내와 저에게는 아주 뜻깊은 순간이었습니다.

　그러나 아기가 태어나고 모유 수유를 시작하면서, 남자인 저는 아무것도 도움이 안 된다는 사실에 무력감을 느꼈습니다. 젖이 원활하게 돌지 않아 고생하는 아내, 젖꼭지가 짓물러도 다시 젖을 물려야 하는 아내, 양이 충분치 않아 보채는 아기를 위해 제가 할 수 있는 건 아무것도 없었습니다. 하나의 몸에서 둘로 분리되었지만, 여전히 보이지 않는 끈으로 연결된 두 사람 사이에서 침범할 수 없는 벽을 느끼곤 했습니다. 그 앞에서 한없이, 한없이 무기력해졌습니다. 작가로서 작업까지 포기하고 곁을 지켰지만 저는 아무것도 할 수 없었습니다. 그럴 때 힘이 된 건 저와 같은 입장의 남자가 쓴 『두 번째 페미니스트』(서한영교)라는 책이었습니다. 그 책을 보며 마음을 가다듬을 수 있었습니다. 아, 엄마에게 젖이 있다면 아빠에게는 품이 있구나. 많이 안아주고 따뜻하게 품으려고 노력했습니다. 두 사람 사이에서 신체의 한계를 극복하려고 노력했습니다.

저는 6개월 만에 작업실로 돌아와 작품 활동을 시작했습니다. 아내는 생업과 예술작업 중 어느 것도 시작할 수 없었습니다. 아내는 온종일 아이를 돌보는 데 매진했습니다. 아내는 아이를 돌보는 시간에 대해 묵묵히 최선을 다했지만, 삶 속에 녹여내는 예술을 지향했던 사람이 출산과 육아 앞에서는 온전히 엄마일 수밖에 없는 모습에 저는 마음이 편하지 않았습니다. 그리고 올해 3

월, 18개월 된 아이는 어린이집에 가게 되었습니다. 아이가 적응하는 걸 보면서 아내는 닫아두었던 가게의 문을 열었습니다. 앞으로의 예술작업에 대해서도 고민을 시작합니다. 동시에 우리는 자라는 아이를 생각하며 둘째에 대해 생각합니다. 다시 우리 부부의 일과 작업이 중단되겠지만, 우리 둘 중 아내가 더 많은 희생을 치르겠지만, 두 번째라 더 잘 해내고 이겨낼 수 있지 않을까 의견을 모으고 있습니다.

2년간 경력단절 된 아내를 보면서 결혼과 출산을 겪은 여성들이 겪는 몸의 변화와 사회적인 입지의 변화에 대해 생생하게 느끼고 고민하게 되었습니다. 저는 어느 분야에서든 정해진 길은 없다고 생각합니다. 다양한 선택과 삶의 형태가 공존할 수 있어야 건강한 사회라고 할 수 있겠죠. 선택은 권리와 연결됩니다. 결혼하지 않을 권리, 아이를 가지지 않을 권리, 모유 수유를 하지 않을 권리처럼 엄마이기를 선택한 삶과 출산 후 복직하고 사회로 돌아올 수 있는 권리 역시 존중받아야 한다고 생각합니다. 종전에는 관심도 없었던, 관성에 젖어 철저히 남성 중심으로 생각하던 저에게 결혼과 출산, 육아는 많은 것을 돌아보게 했습니다. 이것은 나가사키 원자폭탄 피폭에 대해 무지했던 20대의 저와 연결됩니다. 경험해보지 못한 일에 대해서는 누구나 저와 같을 수 있다고 생각합니다. 그래서 우리는 약한 사람들, 고된 사람들, 아픈 사람들, 잘 모르는 낯선 사람들의 목소리에 항상 귀를 기울여야 한다고 말씀드리고 싶습니다. 그것이 좀 더 나은 세상을 만들어 가는 원동력이 될 수 있지 않을까 생각합니다. 말이 길었습니다만 보내주신 질문에 대한 답으로 적합한지 잘 모르겠습니다.

그럼 저는 이만 줄이겠습니다. 감사합니다.

2021년 4월

노준석 드림

"세상 모든 것에 감탄하는 지혜로운 사람들의 공간"
도서출판 호밀밭

단절을 딛고 걸어갑니다
ⓒ 2021, 김정

지은이	김정
초판 1쇄	2021년 09월 26일
편집	박정오 책임편집, 임명선, 허태준
디자인	최효선 책임디자인, 박규비, 전혜정
미디어	전유현, 최민영
마케팅	최문섭
종이	세종페이퍼
제작	영신사

펴낸이	장현정
펴낸곳	호밀밭
등록	2008년 11월 12일(제338-2008-6호)
주소	부산 수영구 광안해변로 294번길 24 B1F 생각하는 바다
전화, 팩스	051-751-8001, 0505-510-4675
전자우편	anri@homilbooks.com

Published in Korea by Homilbooks Publishing Co, Busan.
Registration No. 338-2008-6.
First press export edition September, 2021.

Author Kim, Jung
ISBN 979-11-90971-63-8   03810